로크미디어가
유혹하는
재미있는 세상

ROK
MEDIA
로크미디어

우리 교황님 좀
말려 주세요

우리 교황님 좀 말려주세요 10

2023년 6월 8일 초판 1쇄 인쇄
2023년 6월 13일 초판 1쇄 발행

지은이 판미손
발행인 강준규

기획 이기헌 왕소현 임동관 박경무 강민구 조익현
책임편집 주현진
마케팅지원 이원선

발행처 (주)로크미디어
출판등록 2003년 3월 24일
주소 서울시 마포구 마포대로 45 일진빌딩 6층
Tel (02)3273-5135 Fax (02)3273-5134
홈페이지 rokmedia.com E-mail rokmedia@empas.com

ⓒ 판미손, 2022

값 9,000원

ISBN 979-11-408-0810-6 (10권)
ISBN 979-11-408-0095-7 04810 (세트)

ROK
MEDIA

로크미디어

우리 교황님 좀 말려주세요

판미손 퓨전 판타지 장편소설 **10**

Contents

이제부터 이 땅은 제 겁니다   7

나의 여신님   69

삼파전   107

대혼란   145

도망가려고?   183

제발 숨 좀 고르자   223

분열   261

새로운 국면 (1)   301

이제부터 이 땅은 제 겁니다

운송 수단은 다다익선이다.

특히, 물류에 있어서만큼은 바다와 공중을 빼놓을 수가 없다.

내전이 시작된 이후, 고립이나 다름없던 상황에 놓여 있던 상해.

공항과 항구가 제 기능을 하기 시작하자, 상해의 상황은 눈에 띄게 뒤바뀌었다.

"인천항에서 출발한 화물선들이 곧 상해항에 입항합니다."

"미군 화물기가 홍차오 공항에……."

"푸동공항의 복구 작업은 조금 걸릴 듯합니다!"

리멘 교단의 상해 성지는 난민을 수용하는 것뿐만 아니라, 상해에서 펼쳐지는 모든 군사 활동의 중심지 역할을 수행하고 있었다.

나는 신전의 앞에 설치되어 있는 군용 천막 안에서 가볍게 숨을 뱉어 냈다.

상해는 내전이 일어나기 전, 무려 2천6백만을 넘기는 인구가 거주하던 지역이었다.

내전으로 인해 사망자가 속출하였지만 그래도 아직은 살아남은 사람들이 훨씬 더 많았다.

"안정화가 가장 최우선입니다. 린 타오 형제, 아끼지 말고 나눠 주도록 하세요."

"알겠습니다, 성하."

"라파르트 대주교가 1시간 뒤에 이곳에 도착합니다. 린 타오 형제는 라파르트 대주교의 지시를 따르면 됩니다."

"라……파르트 대주교가 직접 오는 겁니까?"

"그렇습니다. 이곳에는 야전 사령관이 필요할 것 같아서요."

린 타오.

원래 우리 시연이의 뒤를 캐다가, 백설이에게 물려 죽을 뻔했던 남자.

그러나 그는 라파르트 대주교와 하루를 보내면서 그 누구보다 뜨겁고 열성적인 신도가 되었다.

우리 교황님좀
밀려 주세요

라파르트 대주교가 어떤 기술을 사용했는지는 모르겠지만, 한 가지는 확실하다.

린 타오는 우리 교단의 사람이다.

종교인들에게 있어서 척박한 대지나 다름없는 중국에서 묵묵히 선교를 해 왔을 정도로, 리멘에 대한 신앙심은 이미 증명된 사람이다.

그가 어떤 계기로 우리 교단의 신도가 되었는지 따위는 중요하지 않다.

어떤 길을 걸어왔고, 어떤 방향을 향해 나아가고 있는지가 중요하다.

나는 재빠르게 움직이는 린 타오를 바라보면서 흐뭇하게 미소를 지었다.

그리고 그가 밖으로 나서자마자 곧 다른 남자가 천막 안으로 들어섰다.

"교황 성하, 명령하신 대로 이단심문관들을 도시 곳곳에 배치하였습니다."

바로 은택 씨였다.

최근 레오로부터 인정을 받아 이단심문관들의 임시 리더가 된 은택 씨.

서울에 있을 때, 벨페고르의 화신체를 통해서 가장 많은 성과를 거둔 사람이기도 했다.

마력을 사용하던 각성자 시절에도 A급을 가뿐하게 넘어서는 실력을 지녔었지만, 지금은 어지간한 S급 헌터들도 제압할 수 있는 수준이었다.

말도 안 되는 성장 속도.

그것은 그가 지닌 신앙심과 정신력이 얼마나 대단한지 알려 주는 증거이기도 했다.

"잔당을 발견하는 즉시 보고를 하라는 명령을 내려 두었습니다. 단독으로 정화 작업에 나서지 말라는 성하의 명령도 전달해 두었습니다."

"잘하셨습니다. 이단심문관들의 위치는 언제라도 파악이 되어야만 합니다."

"항상 명심하고 있겠습니다."

상해에 성공적으로 거점을 마련한 다음, 우리가 가장 먼저 해야 하는 것은 다름이 아니라 안정화다.

우리가 차후 이 도시를 거점으로 중국 대륙 곳곳으로 진출하기 위해서는 최대한 빠르게 이 도시를 안정화해야만 했다.

이단심문관들을 도시 곳곳에 배치한 것도 그 때문이었다.

정화자의 잔당들이 도시 내부에 남아서 혼란을 야기할 가능성이 높았기 때문이다.

미국, 한국, 중국, 일본.

이 네 국가의 모든 정보 자산들이 상해에 집중되어 있는 상황.

우리는 최대한 빨리 이곳을 안정화시킨 후, 곧바로 다음 단계로 나아가야만 했다.

그렇게 내가 천막 안에서 이것저것을 챙기면서 지휘하고 있을 때.

"교황 성하, 본인이 상해시 관계자라고 주장하는 중국 측 인원이 접견을 요청하고 있습니다."

천막 앞에서 경계 임무를 수행하고 있던 성기사가 조심스레 나를 불렀다.

상해시 관계자라…….

그래, 어째 정치인들이 안 들르나 했다.

나는 한숨을 푹 내쉰 다음, 고개를 끄덕이며 답했다.

"들여보내."

"예."

잠시 후, 천막 안으로 양복을 입은 한 남자가 걸어 들어왔다.

나이는 50대쯤.

인상으로 사람을 파악하면 안 된다지만, 보는 것만으로도 살짝 눈살이 찌푸려지는 남자였다.

외관 때문이 아니었다.

사람은 분위기라는 게 있는데, 그 남자로부터는 천박한 분위기가 느껴졌다.

안하무인이라는 단어로 사람을 만든다면 딱 저런 표정일까?

그는 불쾌한 표정을 잔뜩 지은 채로 천막 안으로 들어섰다. 그리고 내 앞으로 다가오더니, 다짜고짜 손을 내밀면서 말했다.

"상하이시 당위원회 서기장 가오 제요."

"김시우입니다."

짤막한 인사를 주고받았다.

좋은 말이 오고 갈 분위기는 아니었다.

그는 천막 내부를 둘러보면서 나에게 말했다.

"리멘 교단의 협조 덕분에 수월하게 상하이를 되찾을 수 있었소. 감사를 표하오."

"아직 되찾은 건 아닙니다. 이제 막 한 걸음 내디뎠을 뿐입니다."

"당 소속 각성자들이 방어선을 뚫은 이상, 통제권을 되찾은 것이나 마찬가지요. 정화자의 잔당들은 우리가 알아서 처리하겠소."

대놓고 밥그릇을 빼앗아 가겠다는 선전포고.

정화자 놈들이 노렸던 지점이 어디였는지 확연히 드러났다.

정치인들의 개입.

원래 이곳에 기득권을 지니고 있던 자들이 들고일어나는 것.

나는 애써 욕지거리를 참으면서 말을 이어 나갔다.

"순리와 이미 이야기가 끝났습니다. 상해는 당분간 리멘 교단이……."

"그것은 순리와 김시우 교황, 둘이 나눈 이야기 아니오? 이곳의 실권자는 엄연히 따로 있소. 상하이의 일은 당연히 상하이의 당서기에게 물어봐야 이치에 맞지 않느냐, 이 말이오."

그제야 나는 지금 일어나는 이 일이 어떤 일인지 이해할 수 있었다.

딱 봐도 답은 하나다.

파벌 싸움.

이 빌어먹을 밥벌레 놈들이 이 와중에도 밥그릇을 두고 싸우고 있는 것이다.

순리가 당 내부를 장악하고 있다는 보고를 들었던 것 같은데, 역시 혼란을 틈타 자기네들 욕심을 채우려는 놈들은 어딜 가나 있는 것 같다.

나는 손으로 이마를 짚었다.

그리고 천막 안에서 상황을 분석하고 있던 다른 인원들에게 말했다.

"다들 나가……. 아니지, 귀하신 손님이 오셨는데, 이런 누추한 곳에서 모실 수는 없지. 레오야."

"예, 성하."

"잠시 신전에 다녀오겠다."

"다녀오십시오."

"가오 제 씨? 갑시다. 신전으로 모시겠습니다."

내가 정중한 목소리로 말하자 가오 제가 흡족하게 웃으면서 고개를 끄덕였다.

"듣던 것보다 훨씬 경우가 바른 분이시군. 한데 루나 레벤톤이라는 여자는 어디에 있소? 소문에 의하면 그렇게 아름답다고…….'

"지랄도 가지가지네."

"방금 무어라…….'

"마침 루나 레벤톤 경이 신전에 있습니다. 가시죠."

이딴 정치인들이랑 낭비할 시간은 없다.

그래서 그냥 내 방식대로 빠르게 해결할 생각이었다.

나는 곧바로 그를 이끌고 신전으로 향했다. 천막 밖으로 나서자마자 그의 수행원들이 붙었다.

S급 헌터급 이상으로 보이는 각성자들이 수십 명.

저 인력이 구조 작업에 동원되었다면 더 많은 사람들을 살렸겠다만, 이딴 버러지 같은 놈이 그런 생각을 할 수 있을 리가 없었다.

"이곳입니다."

그렇게 나는 가오 제를 데리고 신전에 위치한 내 집무실에 도착했다.

서울의 신전과 동일한 구조로 되어 있는 상해 신전.

집무실의 앞에는 루나가 백색의 갑옷을 입은 채 서 있었다.

"오셨습니까, 성하."

보는 눈이 많아서인지 루나가 절도 있게 인사를 했다. 그러자 내 옆에 서 있던 가오 제가 탐욕스러운 눈빛으로 루나의 전신을 훑어보았다.

"과연, 소문대로 아름다우시군."

"누구신지는 모르겠습니다만, 성기사의 외모를 함부로 품평하는 것은 결례입니다."

"아, 그렇소? 성기사라…… 중국에는 종교란 게 없어서, 내 무례를 용서하시오."

"죄인을 용서하는 것은 일개 성기사단장 따위가 할 수 있는 일이 아닙니다."

싫은 티를 팍팍 낸 루나가 다시 나를 바라보면서 말했다.

"이곳을 지키고 있겠습니다."

루나는 우리의 뒤를 따라온 중국 측 경호 병력을 바라보면서 말했다.

나는 슬쩍 웃으면서 고개를 끄덕였다.

"가오 제 씨, 여기서부터는 무기를 들고 들어갈 수 없는 곳입니다. 경호원들을 대동하실 수 없습니다."

그러자 가오 제가 고개를 끄덕였다.

"알겠소."

내가 꽤 저자세로 나온 덕분일까, 가오 제는 별다른 의심 없이 자신의 부하들에게 대기하라는 지시를 내렸다.

순진한 녀석.

그렇게 해서 나는 가오 제를 성공적으로 집무실로 끌고 올 수 있었고.

철컥.

가오 제가 자리에 앉자마자 웃으면서 집무실의 문을 잠가 버렸다.

그리고 문 너머에 있을 루나를 향해 말했다.

"한 명도 못 들어오게 막아."

"신전 내에서 무력 사용은 금지인데, 괜찮을까요?"

"내가 허락한다."

"굿."

망보는 사람도 구해 됐고.

이제 남은 건 무책임한 쾌락뿐이다.

나는 활짝 웃으면서 가오 제를 향해 다가갔다. 그러자 아직까지 정신을 못 차린 가오 제가 눈을 동그렇게 뜨면서 물었다.

"지금 무슨…… 이야기를?"

"아까 엄청 섭섭해하는 것 같아서 순리와 나눴던 이야기를 너한테도 들려줄 생각이야."

일단 상대는 각성자가 아니다.

순리 때와는 다르게 힘 조절을 잘해야겠지만…… 어차피 보는 눈도 없는 걸 뭐.

이런 버러지 같은 놈들을 배려해 줄 이유 따위란 없었다.

"순리한테 따로 이야기 들은 건 없지?"

"……순리 이야기는 왜 자꾸…….'"

"했을 리가 없겠지. 순리는 내가 널 죽여 주길 바라고 있을 테니까. 하지만 내가 그놈 소원을 들어줄 것 같아? 어림도 없어."

나는 손에 끼고 있던 장갑을 벗어서 녀석의 아가리에다가 박아 넣었다. 그리고 웃으면서 말했다.

"죽을 것 같으면 말해."

"읍읍읍!"

"아, 입이 막혀서 말을 못 하나? 뭐, 상관없잖아?"

꿇

그로부터 30분 뒤.

"네가 앞으로 누구 지시를 따라야 한다고?"

"리멘 교단과 중국이 맺은 협약에 따라, 리멘 교단의 김시우 교황님에게 전적으로 협조를 해야만 합니다!"

"그렇지, 바로 그거야."

이번에도 물리력이야말로 최고의 협상 수단이라는 것이 증명되었다.

나는 아주 멀끔한 상태의 가오 제를 바라보면서 흡족하게 고개를 끄덕였다.

"가오 제는 좀 어색하니까, 가오리라고 부른다. 불만 있냐, 가오리?"

"이름을 바로 개명하도록 하겠습니다!"

"좋은 충성심이야, 가오리."

"예!"

신성력이 이래서 참 좋다.

아무리 패도 흔적이 남질 않는다.

나는 나에게 협조적으로 변한 상하이의 당서기, 가오리를 향해 말했다.

"정치인들끼리 권력 두고 싸우는 거, 그거 가지고는 뭐라고 안 해. 그건 인간의 당연한 욕망이거든. 하지만 때는 좀 제대로 가리라고. 네 눈에는 죽어 나가는 시민들이 안 보이냐?"

"……죄송합니다."

"만약 네가 정화자와 관련이 있었다면…… 여기서 안 끝났어. 우리 신전의 지하를 구경하게 되었을 거야."

30분간의 심문 과정에서 얻어 낸 정보가 꽤 많다.

외부에서는 제대로 파악할 수 없는 현재 중국의 정치 지형부터 시작해서, 파벌이 어떻게 나뉘고 있는지 등등.

꽤 중요한 정보들을 많이 얻었다.

적당한 때에 나타난 정보 보따리라고 해야 하나?

나는 서울에서 가져온 제로 코크를 한 모금 마셨다. 그리

우리 교황님 좀
말려 주세요

고 입을 가볍게 닦았다.

"그러니까 네가 이쪽 지역 파벌의 중심이란 거지?"

"예예, 그렇습니다. 내전이 발발한 이후, 중앙의 힘이 약화되었습니다. 그래서 저희도 각자 살길을······."

"이해했어. 너희는 많을수록 좋지."

"······예?"

"그런 게 있단다."

이 정도의 불협화음은 이미 예측했다.

들어온 돌이 박힌 돌을 빼려면 이래저래 시끄러울 수밖에 없는 법이다.

그래도 상황이 막 최악까지는 아니다.

정치적 거물이 나한테 들어와서 머리를 굽히고 있으니, 잘만 하면 큰 혼란 없이 이곳을 안정시킬 수 있을 것 같았다.

똑똑똑.

"성하."

내가 가오리로부터 이런저런 정보를 얻고 있는 사이, 망을 봐 주고 있던 루나가 문을 두드렸다.

"들어와."

그러자 루나가 재빠르게 집무실 안으로 들어섰고, 심각한 표정으로 나에게 말했다.

"긴급한 보고가 들어왔습니다. 현재 일부 신성력 사용자들이 신전을 향해 접근하고 있다고 합니다."

"백명교구나."

"……네."

"그래, 여태까지 너무 조용하다 싶었어."

저 멀리서 이질적인 신성력이 감지되기 시작했다.

예전에도 한번 느껴 본 적이 있는 신성력.

백명교.

그놈들이 다시 모습을 드러냈다.

나는 한숨을 푹 내쉬면서 고개를 가로저었다.

"전 병력 소집. 손님 맞을 준비를 해라."

중국 정부 쪽으로 붙었다는 이야기는 들었는데…… 이놈들이 이런 시기에 무슨 용건이지?

⁂

모습을 드러낸 집단은 내가 예상했던 대로 백명교였다.

흰색 로브를 입은 집단의 등장.

성지 곳곳에 퍼져 있던 우리 교단의 병력이 한곳으로 모였고, 곧바로 성지 내부에는 전운이 흐르기 시작했다.

나는 모든 병력을 이끈 채로 성지 앞으로 나섰다.

그리고 그 자리에서 일전에 본 얼굴을 마주할 수 있었다.

금색 머리카락의 소녀.

그녀는 백명교의 교도들을 잠시 뒤로 물린 뒤, 혼자서 앞으로 걸어 나왔다.

"성하, 제가……."

"괜찮아."

레오가 먼저 앞으로 나서려고 하는 걸 손을 들어 제지했다.

"싸울 생각은 없어 보이잖아?"

백명교도들의 숫자는 얼추 50.

그들은 전부 무장을 하고 있는 상태였으나 그렇다고 해서 적의를 드러내고 있지는 않았다.

"오랜만에 뵙네요, 김시우 교황님."

금색 머리카락의 소녀, 그러니까 백명교의 대교구장은 나를 향해 미소를 지으면서 고개를 숙였다.

그녀의 붉은색 눈동자가 빛난다.

그 눈동자에서 불쾌한 신성력이 은근하게 뿜어져 나왔다.

사람을 홀릴 것만 같은 분위기.

그러나 그녀의 신성력은 주위로 살짝 퍼져 나가기만 할 뿐, 어떤 작용도 하지 않았다.

나는 아무 말 없이 그녀를 한참 동안 바라보았다. 그리고 인상을 찌푸렸다.

백명교가 이곳에는 어쩐 일일까?

"무슨 꿍꿍이야?"

단도직입적으로 물었다.

그러자 소녀는 웃으면서 대답했다.

"당장은 한배를 탔으니, 인사를 드리는 게 예의라고 생각했어요."

"한배라……. 대한민국에서 도망친 다음, 러시아 찍고 중국에 붙었다는 이야기는 들었다. 블라디보스토크에 있었다지?"

미국으로부터 얻어 냈던 정보들 중에는 백명교의 행방에 대한 것들도 있었다.

내 질문에 소녀는 작게 고개를 끄덕였다.

"그렇게 되었답니다."

"그럼 그 추운 곳에 처박혀 있을 것이지, 무슨 바람이 불어서 중국까지 넘어오셨나?"

"정화자를 더 이상 두고 볼 수 없었기 때문이죠. 그때도 말씀드린 것 같은데요?"

그녀는 바닥을 스치는 자신의 하얀색 사제복을 추슬렀다. 그리고 손으로 뒤쪽을 가리켰다.

"상해의 시민들에게 줄 구호물자도 챙겨 왔습니다."

그녀가 그렇게 말하자마자 곧 성지 내부로 수십 대의 차량이 들어왔다.

차량들은 임시로 설치되어 있는 주차장에 정지했고, 곧바로 백명교의 신도들이 발을 옮겼다.

그들은 일사불란하게 차에서 구호물자들을 하차시켰다.

"전투 의지는 없습니다. 적의 적은 친구라고 하죠."

나는 그녀의 뻔뻔한 말에 피식 웃으면서 대답했다.

"적의 적은 적일 수도 있는 거지."

"그런가요?"

"왜 싸우고 말고를 너희가 정해? 그건 우리가 정하는 거야."

이곳은 우리의 홈그라운드다.

이곳에서 우리가 질 가능성은 제로에 가깝다.

하지만 소녀의 얼굴에서는 여유가 사라지지 않는다. 그녀는 내가 이곳에서 싸우지 못할 것이란 걸 이미 잘 알고 있다.

"김시우 교황님께서 그런 바보 같은 짓을 하실 거라 생각하진 않아요."

소녀는 그렇게 말하며 주변을 둘러보았다.

부상당한 시민들.

질병에 신음하는 자들.

아직까지 배급을 받지 못해 배를 굶주리고 있는 자들.

그 시민들 한 명 한 명이 이 도시에 남겨진 흉터였으며, 도움이 필요한 자들이었다.

수법이 참 악랄하다.

이곳에서 전투가 벌어지는 순간, 결국 피해를 입는 건 저 죄 없는 자들이다.

"그리고 저희 역시 저들이 다치는 것을 원하지 않아요."

"왜지?"

"정화자들은 혼란을 추구하는 자들. 그들은 살육을 즐기고, 세상을 망가뜨리려고 하죠. 하지만 저희는 아니에요. 이 세계에 새로운 질서를 세우는 것이 저희의 목표죠. 그리고 저 불쌍한 자들 역시 이 세계의 일부랍니다."

"여전히 개 같은 소리를 잘도 지껄이네."

인간들 위에 군림하겠다는 소리를 저렇게 포장하는 것도 재능이라면 재능이다.

나는 그녀를 향해 가운뎃손가락을 올려 주었다.

"백명교도 우리 교단의 적이야. 그 사실만큼은 바뀌지 않아. 아마 이곳이 성지가 아니었다면, 너희를 반드시 제거했을 거다."

개인적으로 정화자와 백명교는 형태만 다를 뿐, 본질은 비슷한 놈들이라고 생각한다.

새로운 질서?

이 녀석들이 추구하는 새로운 질서에 거역하는 사람들이 맞이하게 될 최후는 불 보듯 뻔하다.

지금 당장은 정화자를 제거하고 있지만, 결국 이 녀석들은 우리에게 있어서 최악의 적이 될 것이다.

신념과 신념의 충돌.

그것보다 더 짙은 피비린내를 풍기는 것은 없으니까.

소녀는 나를 바라보면서 더욱 짙게 미소를 지었다.

"한 가지 제안을 해 볼까 해요. 제가 모시는 분께서 저를 통해 당신에게 건네는 제안이랍니다."

그녀는 손에서 작은 보석 하나를 소환해 냈다.

불길한 신성력이 잔뜩 응축된 검은색 보석.

그 보석에서 기분 나쁜 목소리가 울려 퍼진다.

신격에 도달한 자여, 우리의 일원이 되어 새로운 질서에 동참하라. 지구에서 태어난 그대에게는 충분한 자격이 있다.

그 말에 나는 웃음을 참을 수 없었다.

그리고 신성력을 움직여, 소녀의 손에 놓여 있던 검은색 보석을 끌어왔다.

파스스스-.

보석을 움켜쥐어 가루로 만들었다. 그리고 그 가루를 바닥으로 흘리면서 말했다.

"내가 신격을 얻었다는 이야기는 또 어디에서 들으셨대?"

"그분들께서는 모르는 게 없으십니다."

"잘 들어."

나는 천천히 소녀에게로 다가가서 손을 뻗었다.

내 몸에서 회색의 신성력이 피어올랐고, 곧 소녀의 몸에서도 비슷한 색의 신성력이 흘러나왔다.

우우우우우웅-.

서로 다른 신성력이 맞부딪히면서 주위의 대기가 떨리기 시작한다.

나는 여전히 여유로운 표정을 짓고 있는 소녀를 향해서 조용히 말했다.

"너희가 정화자들과 전쟁을 하건 말건, 우리는 상관하지 않을 거야. 하지만 한 가지는 기억해라."

적의 적은 친구라는 오래된 말.

하지만 백명교 놈들에게 그런 건 적용되지 않는다.

저놈들에 한해서만큼은 적의 적도 그냥 적이다.

"전장에서 우리 병력과 만나지 마라. 우린 너희와 손을 잡지 않아."

"리멘 교단은 전쟁을 선호하는군요."

"아니."

나는 소녀의 붉은 두 눈을 들여다보았다. 그리고 이를 갈면서 말했다.

"전쟁을 피하지 않을 뿐이야."

정화자와의 전쟁 뒤에는 결국 이 녀석들과의 전쟁이 기다리고 있다는 걸 알고 있다. 공존할 수 없는 녀석들이다.

그렇기에 결국 싸울 수밖에 없었다.

"지금 당장 구호물자들만 놓고 꺼져."

내 말에 소녀는 고개를 끄덕였다.

"날강도가 따로 없네요."

"나쁜 놈들한테는 그래도 돼."

"우리는 곧 다시 만나게 될 겁니다."

소녀는 천천히 몸을 돌렸다. 그리고 뒤로 걸어가면서 부드러운 목소리로 말했다.

"그분들이 오십니다. 당신이 오늘의 선택을 후회할 날도 머지않았습니다."

"반사."

정화자.

리멘 교단.

백명교.

이 세 세력의 삼파전이 본격적으로 시작되었다.

⁂

상해는 빠른 속도로 안정을 되찾아 갔다.

가오리 녀석 덕분에 중국 측 병력도 내 명령을 잘 듣기 시작했고, 공항 두 곳과 상해를 통해서 구호물자들도 빠른 속도로 밀려들어 왔다.

일본과 대한민국에 있는 공장들이 쉴 새 없이 돌아간 덕분이었다.

우리 교단이 상해에 진출한 지 일주일째.

마침내 우리는 도시의 절반 이상을 수복하게 되었다.

상해 내부에서 반란군을 상대로 항전하고 있던 각성자들도 합류함에 따라 전력은 계속해서 늘어나고 있었다.

그뿐만이 아니었다.

〈중국 대륙의 평화를 되찾기 위한 의용군?〉

〈의용군이라는 이름으로 포장한 용병들, 타국의 내전에 관여하는 것이 과연 올바른 일인가?〉

〈대한민국과 일본의 일부 길드들, 중국 내전에 참여 선언〉

〈대한민국 청와대 공식 대변인, '아직까지 확실하게 정해진 것은 없다. 우리의 승인 없이 중국 내전에 참여한 길드들에 법적인 조치가 가해질 것.'〉

중국 정부에서는 그동안 모아 뒀던 돈들을 풀면서 각국으로부터 전력을 수급하고 있었다.

중국 내전은 대한민국과 일본 정부에서 그토록 우려했던 방향으로 향하는 중이었다.

우리 교단으로서도 딱히 할 말은 없었다.

명분만 평화 유지였을 뿐이지, 사실 따지고 보면 대한민국 국적으로 처음 중국 내전에 개입한 쪽이 우리 교단이었으니까.

이런 상황에서 우리가 그들을 지탄한다면, 그냥 그건 누워서 침을 뱉는 것이나 다름없었다.

"회의를 시작하겠습니다."

그래서 결국 나는 대한민국 정부의 요청을 받아 회의에 참

석하게 되었다.

구 청와대에서 진행되는 회의.

정부 측에서는 이례적으로 대통령이 직접 참여하였고, 법무부 장관과 이능관리부의 유선호 장관이 참여하게 되었다.

원래라면 참석할 수 없을 정도로 빡센 스케줄이었다.

하지만 나에게는 딱히 무리가 되지 않았다. 성지 통로를 통해 좀 걸으면 끝이었으니까.

나는 자리에 앉은 채로 회의실을 둘러보았다.

회의실 안에는 도깨비 길드의 최 대표와 설화를 비롯하여, 대형 길드들의 대표들이 자리하고 있었다.

익히 알던 얼굴들.

지난번 전각련이 무너지면서 대형 길드들의 대표들이 한 번 물갈이되었는데, 어느 순간에 전 대표들이 대표로 복귀해 있었다.

"대표님들."

가장 먼저 이야기를 꺼낸 건 서 대통령이었다.

"공문으로도 따로 보냈지만, 일단 대통령으로서의 기본 입장은 간단합니다. 대한민국은 이번 중국 내전에 직접적으로 개입하는 걸 원하지 않습니다."

직접적인 개입이란 단순하게 말해서 군사적 개입이다.

중국 내전 발발 이후로 대한민국 정부가 계속해서 지켜 오던 원칙.

명분도 충분하다.

잃어버린 땅이 이제 막 개발되기 시작했는데, 외부에 병력을 파견할 여유가 없었기 때문이다.

그리고 그 말을 들은 대표들 쪽에서는 최 대표가 가장 먼저 답했다.

"중국 쪽에서는 거절하기 힘든 금액들을 제시하고 있습니다. 동시에 여러 가지 이권들도 내어 준다고 합니다. 예를 들면 향후 중국에 생성되는 던전들과 게이트들에 대한 우선 입찰권 같은 것들 말이죠."

땅이 넓은 중국이 제시할 수 있는 가장 큰 조건.

각성자들의 성장에 있어서 핵심 역할을 수행하는 게이트와 던전.

원래 저 둘은 국가에서 관리하는 핵심 자원이나 마찬가지였다.

그것들에 대한 권리를 판매하는 것만 보더라도 중국의 상황이 얼마나 최악인지 알 수 있었다.

"당장에야 잃어버린 땅에서 발생하는 게이트와 던전만으로도 만족할 수 있습니다만은…… 대한민국 각성자들의 수준이 많이 올라왔습니다. 중소형 길드들이나 개인 헌터들의 불만도 많이 쌓이는 중이기도 하죠."

최 대표의 지적은 아주 정확했다.

실제로 각성자 사회의 다수를 차지하고 있는 B급 미만의 헌터들은 현재 성장의 기회가 제한되고 있었다.

대형 길드나 정부 쪽에서 대부분의 수단을 선점하고 있었기 때문이다.

"중국에는 현재 반란군뿐만 아니라 많은 숫자의 몬스터들이 돌아다니고 있다고 들었습니다. 이런 상황에서 병력을 파견하지 않는 건…… 솔직히 비효율적이라고 생각합니다."

"그 부분에 대한 생각은 저희 역시 마찬가지입니다."

서 대통령은 최 대표의 말에 공감한다는 듯 고개를 끄덕였다.

그러자 다른 대표들도 한마디씩 보태기 시작했다.

"잃어버린 땅만으로는 만족하기가 힘듭니다."

"최근 들어 게이트나 던전의 발생 빈도도 줄어들지 않았습니까?"

"의용군 파견을 허락하는 법안을 발의해 주십시오."

"영향력을 확장시킬 수 있는 좋은 기회입니다."

기다렸다는 듯이 물어뜯는 우리의 대형 길드 대표님들.

예전에 나에게 한 방 먹었음에도 불구하고 욕심이란 게 참 끝이 없다.

그때, 서 대통령은 나를 빤히 쳐다보았다.

그제야 나는 서 대통령이 어째서 이런 자리에 나를 불렀는지 눈치챌 수 있었다.

마치 서 대통령이 '부탁합니다, 김시우 교황님!'이라고 말하는 듯한 저 표정.

"에휴."

나는 한숨을 나지막하게 뱉어 냈다.

서 대통령 역시 파견을 하고 싶은 마음이 굴뚝같아 보이는데, 이런 상황에서 나를 불렀다는 건 딱 하나다.

"방법이 하나 있습니다."

내가 입을 열자 서 대통령이 빠르게 반응했다.

"그게 무엇입니까, 김시우 교황님?"

"의용군의 소속을 리멘 교단에 두면 됩니다. 리멘 교단은 현재 중국 대륙의 평화 유지 임무를 수행하고 있으니까요."

대신 거기에는 조건이 하나 들어간다.

"소속을 리멘 교단에 두는 만큼 병력들에 대한 지휘권은 제가 가져갑니다."

그러자 대표들이 난감한 표정을 지었다.

"그건……."

"그건 좀……."

대표들이 욕심만 가득해 가지고 말이야.

나는 그들을 향해서 입꼬리를 슬쩍 올리면서 말했다.

"싫으면 말고."

학습된 공포야말로 가장 무서운 것.

대표들은 나에게 더 이상 그 어떤 말도 붙이질 못했다. 그저 조용히 머릿속으로 셈을 할 뿐.

그 뒤로 한 10분이 지났을까?

"……저희 길드는 동의하겠습니다."

대표 한 명을 시작으로.

"저희 길드도……."

"부디 잘 부탁……."

나머지 대표들 역시 마지못해 내 제안을 수락했다.

나는 기쁜 표정으로 고개를 끄덕였다.

"평화를 사랑하시는 분들이 이리 많으니, 리멘 교단의 교황으로서 기쁘지 아니할 수가 없군요. 환영합니다, 형제님들."

안 그래도 상해 쪽에 일손이 부족했는데 잘됐네.

그렇게 우리는 새로운 인력을 수혈받게 되었다.

잘만 하면 이거, 대형 길드 소속 각성자들도 꿀꺽할 수 있을지도?

라파르트 대주교에게 따로 말해 둬야겠다.

※

상해에 도착한 지 어느덧 2주 차.

"거기, 좋습니다. 계속 그대로 진행해 주세요."

"3팀은 현재 어느 쪽 청소 중이야? 그쪽에 마수들 출현했다는 보고 들어왔는데."

"현재 무난하게 레이드 진행 중입니다. 늦어도 1시간 안에 현장 정리됩니다!"

"오늘 배급은 언제지?"

"지난번에 중복으로 배급받아 갔던 사람들이 좀 있어. 그런 일이 일어나지 않게, 좀 넉넉하게 배급하도록 해. 어차피 우리 돈 아니니까 인심 좀 팍팍 쓰고. 알겠어?"

우리 교단의 상해 성지는 여전히 정신없이 돌아가고 있는 중이었다.

정화자 놈들이 어째서 우리가 이곳에 들어오는 걸 내버려 뒀는지 알 것만 같았다.

상해라는 도시는 한 번에 소화하기 벅찬 수준이었다.

사람도 정말 많았고, 땅도 더럽게 넓었다.

관리하기 벅찬 수준이라고 해야 할까?

그래도 생각보다는 빠르게 안정화가 진행 중이었다.

대한민국과 일본에서 파견된 각성자들은 우리 교단의 지시에 따라 활발하게 도시 곳곳을 정리 중이었고, 중국 정부에서도 대대적인 자금을 투입하면서 복구 작업을 시작했다.

사실, 엄밀히 따져서 중국 정부라고 하기는 뭐한 게.

"가오리."

"예, 교황님!"

"진작에 이렇게 쌈짓돈 풀었으면 얼마나 좋았겠어. 내가 꼭 이렇게 직접 때…… 아니, 가르쳐 줘야겠어?"

"귀한 가르침을 받았습니다!"

대부분의 돈을 중국 부자들한테서 뜯었다.

정확히는 상해에 기반을 둔 중국 부자들한테서 말이다.

돈 많은 게 죄는 아니라고 생각한다.

실제로 이 도시가 이렇게 개판으로 변하고 있는 와중에도 어떻게든 약자를 위해서 노력했던 부자들도 있었다.

우리 교단이 상해에 진입하자 자발적으로 기부를 한 사람들도 꽤 많기도 했다.

"가오리야."

"예!"

"친구들 관리 잘해라."

하지만 가오리를 비롯하여, 사실상 상해의 실권을 쥐고 있던 이들은 하나도 빠짐없이 도시에서 빠져나갔다.

자본력을 이용해서 각성자들을 고용한 다음, 그들의 호위를 받으면서 아주 편하게 말이다.

생각해 보니 또 열 받네.

남들은 정화자들에게 고통받고 있는데, 그 와중에 제 잇속만 채웠다는 거지?

빠아아아악—.

나는 널찍한 가오리의 뒤통수를 후려갈겼다.

그럼에도 가오리는 찍소리 없이 연신 고개를 숙였다.

"죄송합니다! 죄송합니다!"

"앞으로 잘해라."

"항상 속죄하면서 살아가도록 하겠습니다."

안전한 곳에 숨어 있다가 상해를 되찾을 낌새가 보이자 냅다 돌아온 놈들이다.

그런 놈들에게 도시 복구 비용을 징수하는 것은 아주 당연한 처사라고 생각한다.

이것이야말로 올바른 '부의 재분배' 아닐까?

뭐, 아님 말고.

나는 만족스럽게 고개를 끄덕거린 다음, 성지의 곳곳에서 반짝거리고 있는 다섯 개의 탑을 바라보았다.

라파엘의 기술을 통해 놀라운 속도로 완성된 다섯 개의 탑.

탑의 중심에는 최상급 신성석을 비롯하여 천벌 미사일들이 배치되어 있었는데, 이름하여 신성 방공탑이다.

저것의 역할은 아주 단순하다.

콰아아아아아아앙─.

정화자 놈들이 부리는 비행 마수들의 습격으로부터 성지를 완벽하게 보호해 준다.

자동 방공 시스템이라고 생각하면 된다.

에덴이었으면 꿈도 꾸지 못했을 첨단 방어 시설.

게다가.

시설 〈신성 방공탑〉이 교단의 〈시설〉 카테고리에 포함됩니다.
신성 점수를 지불하여 해당 시설을 설치할 수 있게 되었습니다!

우리 교황님 좀
말려주세요

어떤 원리인지는 모르겠다만, 우리 교단의 정식 시설에 포함되었다.

즉, 신성 점수를 투자하면 얼마든지 성지 내부에 건축할 수 있다는 소리다.

아무래도 연구를 통해서 개발한 새로운 시설들도 시스템에 등록할 수 있는 모양이었다.

시간이 지날수록 점차 전략 시뮬레이션에 가까워지고 있는 듯한 기분.

지속적으로 연구에 투자할 필요가 있다는 게 다시 한번 증명된 셈이다.

방공탑에 배치되는 소모품들은 직접 보급해야 한다는 단점이 있지만…… 그래도 이게 어디야?

"복구 작업에 동원되는 시민들 임금 체불되면 알지?"

"명심하겠습니다."

"그럼 가 봐."

"예!"

가오리는 기다렸다는 듯이 빠르게 내 옆에서 이탈했다.

나는 멀어지는 가오리의 뒷모습을 바라보면서 씨익 미소를 지었다.

상해는 내가 계획했던 것보다 훨씬 빠르게 복구가 되고 있었다.

앞으로 이어질 정화자와의 전쟁에서 충분히 핵심 거점이

되어 줄 수 있을 듯했다.

현재 지역에서 리멘 교단의 신도 숫자가 폭발적으로 증가하고 있습니다.
새로운 신도들이 유입됨에 따라, 성지가 확장하기 시작합니다.
신성 점수가 계속해서 증가합니다.

"맨파워가 무섭긴 무섭네."

신성 점수가 쌓이는 속도가 진짜 어마어마하다.

시스템에서 감지했다고 한다면, 중국인들 사이에서도 리멘 교단의 신앙이 빠른 속도로 전파되고 있다는 것을 의미한다.

그 최전선에는 바로.

"리멘님께서 여러분들을 보살피실 겁니다."

"항상 감사하며 살아야 합니다."

린 타오를 비롯한 중국인 신도들의 활약이 돋보였다.

실제로 상해 시민들 사이에서의 여론도 굉장히 좋았다.

이대로만 흘러가 준다면, 상해는 전략 거점뿐만 아니라 충분히 리멘 교단의 선교 거점이 되어 줄 수 있을 듯했다.

그렇게 내가 분주하게 움직이면서 성지 곳곳을 챙기고 있을 때였다.

"김시우 교황님."

이세민이 나에게 다가왔다.

이세민은 지난 2주 동안 엄청난 실적을 보여 주었다.

셀 수 없이 많은 반란군들을 제거한 것뿐만 아니라, 상해 곳곳에 위치한 제단의 절반 이상을 홀로 파괴했다.

복수심에 물든 이레귤러가 어디까지 무서워질 수 있는지 가감 없이 보여 주었단 소리다.

나는 이세민을 향해 가볍게 고개를 끄덕였다.

"오셨어요?"

"부탁하신 것에 대해 알아봤습니다. 상해에 출현했었다는 어비스 던전에 대한 정보 말입니다."

우리가 이곳에 상륙하기 전, 중국 정부군과 반란군이 소유권을 두고 전투를 벌였다는 그 어비스 던전.

지금쯤이면 폭주하고 남았을 어비스 던전이었다.

그래서 상해에 진입한 이후 곧바로 이세민에게 조사를 부탁했는데, 이제야 꼬리를 잡은 모양이다.

이세민은 내 옆의 의자에 앉으면서 한숨을 내쉬었다.

"결론부터 말씀드리자면, 그 어비스 던전은 폭주한 게 맞다고 합니다. 반란군들로부터 직접 뽑아낸 정보입니다."

어떤 방법으로 정보를 뽑아냈는지는 따로 묻지 않았다.

트레이닝복에 묻은 피만 보더라도 알 수 있었으니까.

나는 그의 앞에 앉으면서 넌지시 물었다.

"어비스 던전이 폭주한 것치고는 도시가 너무 멀쩡한 것 같은데요."

어비스 던전의 폭주를 직접 보지는 않았지만, 폭주에 대해서는 꽤 많은 이야기를 들어 보았다.

도시뿐만 아니라 나라가 휘청일 정도의 대재앙이 일어난다고 했는데, 어비스 던전이 폭주한 것치고는 제법 멀쩡했다.

"저도 그것이 의아하여 더 정보를 캐 봤는데, 한 가지 사실을 알게 되었습니다."

이세민은 피곤한 표정으로 나를 바라보았다.

그리고 잠시 후, 나지막한 목소리로 말했다.

"아무래도 정화자가 우리에게 폭탄을 하나 떠넘긴 것 같습니다."

정화자 놈들이 우리들에게 상해를 넘긴 이유 하나가 수면 위로 떠올랐다.

나는 미간을 찌푸릴 수밖에 없었다.

❧

사안의 시급함을 확인한 나는 곧바로 인원들을 꾸려서 이세민이 발견한 어비스 던전으로 향했다.

어비스 던전은 푸동공항에서 그리 멀지 않은 곳에 생성되어 있었는데, 얼핏 보면 그냥 지나칠 수밖에 없을 정도로 꽁꽁 숨겨져 있었다.

무너진 폐허 밑에 생성되어 있던 어비스 던전.

이러니 우리 병력이 찾을 수 없었을 거다.

"이곳입니다. 반란군들의 증언에 따르면 어비스 던전이 스스로 은폐를 했다고 합니다. 일부 간부들을 제외하고서는 위치를 파악하기 힘들었다더군요."

"그게 말이 됩니까?"

"3일 주기로 던전의 입구가 변경되었다고 합니다."

"지랄맞은 놈이네."

스스로 도망가는 던전이라…….

진짜 말도 안 되는 놈인 게 틀림없었다.

"폭주를 했음에도 이 상태인 것도 이상하고."

나는 고개를 끄덕거리면서 주위를 둘러보았다.

지금 내가 데려온 인원은 나까지 포함해서 총 다섯이다.

나, 루나, 레오, 이세민, 최 대표.

라파엘은 현재 상해 근해에 나타난 대형 몬스터들을 처리하기 위해 나섰기 때문에, 일단 내가 데려올 수 있는 최선의 멤버들로 구성했다.

최 대표는 몸을 가볍게 풀면서 말했다.

"생각해 보면 교황님과 저는 어비스 던전과 참 인연이 깊은 것 같습니다."

"예전에도 한 번 구해 드린 적이 있었죠?"

"하하! 그때 신세 졌죠. 아마 교황님이 안 계셨다면, 전 그곳에서 죽었을 겁니다."

일그러진 신격에 의해 최 대표가 살해당할 뻔했던 게 엊그제 같다.

비록 길지 않은 시간이었으나, 그동안 최 대표는 놀라울 정도의 성장을 거두었다.

매 전투에서 사선을 넘나들면서 싸웠다고 했으니 강해지지 않는 게 더 이상했을 것이다.

"최 대표님."

"예, 교황님."

"폭주한 어비스 던전에 들어가 본 적 있어요?"

그러자 최 대표가 너털웃음을 터뜨리면서 답했다.

"있을 리가요. 그건 자살행위입니다."

"그걸 아시는 분이 용케도 이번 작전에 자원하셨네요?"

"교황님 옆만큼 안전한 자리도 또 없지요. 교황님이 어디 가서 죽으실 분은 또 아니잖습니까?"

저걸 속 편하다고 해야 할지, 계산적이라고 해야 할지.

나는 어깨를 으쓱였다. 그리고 주먹으로 바닥을 내리쳤다.

콰아아아아아아앙─!

건물의 잔해가 먼지가 되어 바스러졌고, 곧 깊은 구덩이가 파였다.

적나라하게 드러나는 건물의 지하.

그곳엔 검붉은 색으로 빛나는 문 하나가 자리 잡고 있었다.

"저건가 보네."

딱 봐도 정상적인 놈이 아니다.

불길한 직감이 느껴지는 걸 봐서는 저 문 너머에 분명 끔찍한 것들이 기다리고 있을 거다.

저건 정화자가 우리에게 떠넘긴 재앙이다.

만만한 놈일 리가 없었다.

우우우우우웅-.

이런 내 생각을 읽기라도 한 걸까? 검붉은 색의 문에서 불길한 빛이 일렁거렸다.

그리고 곧 그 빛들 사이에서 흉측한 형상의 괴물들이 걸어나왔다.

수십 개의 촉수를 지닌 얼굴 없는 괴물들.

녀석들의 몸에서는 불쾌한 신성력이 마구잡이로 뿜어져나오고 있었다.

나는 그 괴물을 보자마자 이 던전이 무엇과 닿아 있는지 눈치챌 수 있었다.

"……고대 신? 정화자 이 새끼들, 이딴 걸 우리한테 떠넘겼다고?"

그 말이 정답이었을까?

시스템이 기다렸다는 듯이 응답했다.

어비스 던전 〈허기진 갈망의 성소〉를 발견하셨습니다.
해당 어비스 던전은 폭주하고 있습니다. 폭주를 저지하고 던전을 파괴해야만 합니다.

저 안에서 어떤 일이 벌어지고 있을지는 장담할 수 없다.

하지만 한 가지는 확실하다.

"내버려 두면 언젠간 터진다."

저건 아직 폭발하지 못한 불발탄이나 다름없다.

저딴 게 터져 버리면 복구고 뭐고 없다.

"하여간에 성하는 가는 곳마다 말썽이라니까. 이래서야 혼자 보내 드릴 수가 있나."

루나는 허공에서 철퇴를 소환하면서 한숨을 내쉬었다.

나는 그 말에 억울한 목소리로 대답했다.

"나라고는 그러고 싶겠냐?"

"성하 팔자가 뭐 그렇죠."

"리멘이 나를 에덴으로 끌고 갔던 그 순간부터 이랬어. 탓할 거면 리멘을 탓해라."

"가불기 쓰시네요. 비겁하다."

누구는 이런 귀찮은 일에 휘말리고 싶은 줄 아냐고.

진짜 억울하다.

나도 날로 먹는 인생을 살고 싶은걸. 하지만 세상이 나를 가만히 내버려 두지 않는다.

"짜증 난다."

상해를 완전히 수복하기 위한 마지막 관문.

아까부터 몸이 찌릿찌릿한 것이, 이번 어비스 던전은 쉽게 끝나지 않을 것 같다는 느낌이 든다.

나는 끊임없이 소환되는 촉수 괴물들을 바라보면서 작게
고개를 끄덕였다.

　"빨리 끝냅시다."

　빌어먹을 정화자 놈들.

　이걸 나한테 짬을 때려?

　두고 보자.

⚜

　입구를 지키는 문지기 놈들을 정리하는 데 소요된 시간은
단 3분.

　이세민과 내 압도적인 화력 앞에서 문지기들은 그저 쓸려
나갈 뿐이었다.

　문제는 그다음부터였다.

　"이건⋯⋯."

　문을 넘어서 던전에 들어간 순간, 우리 모두는 할 말을 잃
을 수밖에 없었다.

어비스 던전 〈허기진 갈망의 성소〉에 입장하셨습니다.
경고! 해당 던전은 현재 폭주 중입니다.
알 수 없는 신성력이 사방을 점거하고 있습니다.
눈앞에 보이는 모든 것은 허상이나, 동시에 실존하고 있습니다. 인과율이 뒤
틀리고 있습니다.

어비스 던전은 우리가 생각했던 모습과는 전혀 달랐다.

성소라는 단어 때문에 던전 형태로 되어 있을 줄 알았으나, 막상 들어와 보니 실상은 전혀 달랐다.

이곳은 던전이 아니었다.

이곳은.

"……서울."

틀림없는 서울.

정확히는.

"우리 교단의 성지."

우리 교단의 성지임에 틀림없었다.

검은색 점액질로 뒤덮인 신목과 검은색 화염으로 불타오르는 신전까지.

하늘은 검붉은 색으로 빛난다.

신전 앞에 자리 잡고 있던 리멘의 신상은 상반신이 박살 나 있었으며, 그 주변으로 얼굴 없는 자들이 사제복과 판금 갑옷을 입은 채로 서 있었다.

이 모든 것은 환상이었다.

하지만 온몸의 감각은 이것이 단순한 환상이 아니라는 것을 증명하고 있었다.

성지 곳곳에서 피어오르는 검은색 화염은 뜨거웠으며, 코를 스치는 피 냄새는 끔찍할 정도로 비릿했다.

이것. 너희들의 미래.

머릿속에 울려 퍼지는 기괴한 신탁.

그리고 그 신탁은 내 머릿속에만 울려 퍼진 게 아니었다.

"성하, 방금⋯⋯."

"교황님."

"허, 이것 참."

내 옆에 있던 동료들의 머릿속에도 동시에 울려 퍼진다.

처음에는 인과율이 비틀렸다는 이야기를 이해하지 못했다.

하지만.

비정상적인 접근이 감지됩니다.
@##@!!????
!##$시스!@#@#!#@템###정지─

눈앞에 떠오르는 메시지창을 보면 그것이 무슨 의미인지 이해할 수 있었다.

이곳은 테라가 관장하는 구역이 아니다.

꾸르르르륵.

저 불쾌한 신격이 관장하고 있는 곳.

마치 이곳은 현실을 통해서 창조해 낸 새로운 세계와도 같았다.

말살. 재창조. 우리의 목표.

바닥에서 얼굴 없는 자들이 끊임없이 몸을 일으킨다.

네크로맨서들이 일으키는 것처럼 엄청난 숫자였다.

하지만 그들에게는 언데드들과 본질적으로 다른 점이 하나 있었다.

언데드들에게서는 오로지 마기만 느껴졌지만, 저 녀석들에게서는 신성력이 느껴졌다.

평소처럼 날로 먹는 건 사실상 불가능했다.

"정화자 새끼들…… 이래서 던전을 장악하지 못했던 거야?"

나는 전신을 찌를 듯이 압박해 오는 신성력에 눈살을 찌푸릴 수밖에 없었다.

저 뒤틀린 신성력도 결국 신성력이다.

마기를 사용하는 정화자에게 있어서는 상극으로 작용하는 기운이란 뜻이다.

옆에서 내 말을 가만히 듣고 있던 이세민이 주먹을 쥐었다 펴면서 말했다.

"교황님과도 상성이 안 좋지 않습니까?"

그 질문에 나는 고개를 가로저었다.

"그렇진 않아요."

신성력의 이점을 가져갈 수 없다고 해서, 상성이 나쁜 건 아니었다.

게다가 난 최근에 '격'이라는 새로운 수단을 개방한 상황.

"상성이 애매하다면 힘으로 분쇄하면 됩니다. 안 그러냐, 루나, 레오?"

"맞습니다."

"박살 내 버리면 그만이죠."

레오나 루나 역시 에덴에서 신성력을 지닌 적들과 싸운 경험이 많았다.

마왕의 편에 선 배신자들도 있었기 때문이다.

그렇기에 크게 걱정하진 않는다.

다만, 신경이 쓰이는 것은 딱 하나.

"이곳이 저놈들의 성지라는 거지."

장소가 너무 불리했다.

저쪽은 신격이 직접 이 성지의 모든 걸 관장하고 있다.

즉, 자신의 병력을 끝도 없이 일으킬 수 있다는 뜻이다.

이런 경우에 공략 방법은 네크로맨서들과 동일하다.

"성하, 명령을."

"심장부를 단숨에 꿰뚫는다. 그것뿐이야."

"……저기를요?"

루나가 손을 들어 어느새 성지를 빼곡하게 채운 적들을 가리켰고, 나는 어깨를 으쓱였다.

"그럼 다른 방법이라도? 저것들 상대하다 지쳐서 죽든가."

"에휴, 라파엘이라도 데려오시지."

"안 그래도 지금 후회 중이다."

저 정도 숫자의 적들을 상대하려면 어마어마한 화력이 필요하다.

그것도 물리적인 화력이.

내가 보유한 광역 기술들은 모두 신성력에 기반을 두고 있기 때문에 효과적인 제압이 불가능했다.

하지만 어쩌겠어?

"이가 없으면 잇몸이지."

"제가 선두에 서겠습니다. 목적 지점은 역시…… 신전입니까?"

이세민은 온몸에서 에너지를 방출하면서 말했다.

그의 에너지가 거대한 폭풍이 되어 소용돌이치기 시작한다.

나는 그의 질문에 작게 고개를 끄덕였다.

"예, 저곳에 있습니다."

성지의 중심을 이루는 성유물은 분명히 신전에 위치하고 있다.

내 말을 들은 이세민이 숨을 크게 들이쉬더니, 곧 전방을 향해 주먹을 내질렀다.

파아아아아앗-!

시야가 순간적으로 보랏빛에 물들었고, 곧 그의 손에서 잔뜩 응축된 기운이 발사되었다.

우리가 서 있는 곳부터 신전까지 단숨에 길을 뚫어 버리는 이세민의 힘.

그 모습을 옆에서 함께 지켜보던 루나가 한마디 던졌다.

"……생각보다 훨씬 더 센데요?"

"그래도 중국 1위잖아. 저 정도는 해 줘야지."

"그렇긴 하죠."

나는 신성력을 끌어올리면서 전방을 바라보았다.

방금 전에 이세민의 공격으로 인해 길이 열렸지만, 그 길이 빠른 속도로 가로막히고 있었다.

결국, 이번 전투의 핵심은 속전속결. 여기에서 발이 묶였다가는 끊임없는 차륜전에 의해 체력이 소비될 게 뻔하다.

빨리 끝내는 게 관건이다.

"다들 갑시다."

어비스 던전 공략이 본격적으로 시작되었다.

⚜

똑똑.

천장에서 물이 떨어지는 어느 동굴 안.

한 노인이 젊은 남자를 향해 고개를 숙이면서 말했다.

"위대한 분이시여, 김시우와 그의 일행이 어비스 던전에 입장했다고 합니다."

노인의 보고에 젊은 남자가 웃으면서 대답했다.

"꽤 늦었네요? 김시우라면 조금 더 빠르게 찾아낼 줄 알았는데."

"도시 정리가 꽤 오래 걸렸다고 합니다."

"오늘로 2주 차니까…… 김시우가 생각보다 신중했습니다. 안 그래요, 일 장로?"

"저 역시 그리 생각합니다."

일 장로는 연신 고개를 숙이며 젊은 청년, 무명에게 예의를 표했다.

무명은 천천히 자리에서 일어났다. 그리고 동굴 한쪽에 배치되어 있던 구슬로 다가가며 말을 이어 갔다.

"그곳은 우리가 상해에서 빠져나간 가장 큰 원인이었습니다. 손해가 너무 컸어요."

"저희의 무능을 부디 용서해 주십시오."

"최소한 우리 마왕님들 둘을 투입해야지만 해 볼까 말까였는데…… 그런 곳에다가 전력을 낭비할 수는 없었으니까, 뭐 이해합니다."

〈허기진 갈망의 성소〉는 정화자에게도 꽤 큰 타격을 입게 만들었다.

어느날 갑자기 등장한 어비스 던전.

무명은 그곳의 주인이 지구의 고대 신이라는 것을 알고 있었다.

그것을 파악하기 위해 얼마나 많은 병력을 밀어 넣었는지, 가늠조차 할 수 없었다.

"상해가 꽤나 전략적 요충지였는데 말이죠. 병력을 이끌고 그곳을 정리해 줘야 했을 우리 분노의 마왕님께서는 대가리가 잘려서 역소환되시고, 다른 병신 같은 마왕님들도 헛짓거리를 하다가 뒈지시고. 참 보기 좋아요. 안 그렇습니까, 루시퍼?"

그는 수정을 바라보면서 말했다.

그러자 잠시 후, 동굴 내부에 음산한 목소리가 울려 퍼졌다.

─네놈이 직접 움직였어도 되는 것 아니었나?

"상성이 안 좋다는 걸 아시면서 하시는 말씀이신가요?"

─우리도 마찬가지다. 그놈들의 신성력은 김시우 것과 마찬가지로 영혼을 갉아먹는다.

"애초에 당신들의 역할이 그런 겁니다. 불쏘시개, 모기, 바퀴벌레. 그 밖의 모든 것들. 당신들은 소모품에 불과해요. 그렇게라도 지구에 붙어 있게 해 달라 매달렸던 건 당신들이었습니다."

무명은 마침내 수정구 앞에 도달했다. 그리고 천천히 수정구 위에 손을 올렸다.

"지구에는 이런 말이 있답니다. 이이제이. 고대 신은 김시우에게 있어서도 불쾌한 적입니다. 청소부가 이웃 나라에서 직접 와 주셨는데, 굳이 거절할 이유가 없잖아요?"

—고대 신의 격을 흡수할 수 있는 좋은 기회를 양보한단 말이냐? 네놈도 이미 마왕의 격에⋯⋯.

"격이라."

그는 수정구를 손에 쥔 채로 천천히 앞으로 걸었다.

"제 격까지 걱정해 주실 줄은 몰랐습니다. 이것 참, 분노의 마왕님이 직접 챙겨 주시니 감격스러울 따름이군요."

—김시우를 키워 주는 이유를 전혀 모르겠다.

"키워 주다니요. 김시우에게 당해서 지구로 쫓겨나신 분이 하실 말씀은 아니잖습니까?"

무명은 마기를 끌어올려 수정구에 주입했다.

그러자 잠시 후.

—⋯⋯크으윽.

수정구에서 고통스러워하는 목소리가 울려 퍼졌다.

무명은 루시퍼의 신음을 만끽하면서 고개를 끄덕였다.

"티벳 지역에서 영물을 하나 발견했습니다. 과거에 고대 신들과 전쟁을 벌였던 영적 존재들이죠. 그들 역시 격을 지니고 있습니다. 상대하기 껄끄러운 고대 신들보다야, 차라리 영물들이 훨씬 편하고 맛있는 먹잇감 아니겠습니까?"

결전의 순간이 머지않았다.

전력을 유지하는 것이 중요한 시기.

이런 시기에 구태여 병력을 소모할 이유 따위란 없었다.

"분노의 마왕님, 버러지처럼 패배해서 도망치셨으면, 말이라도 잘 들으세요. 인간 한 명에게 모가지가 따이는 게 쪽 팔리지도 않습니까?"

─……그 정도로 강한 인간이 또 있을 줄은 몰랐다.

"이 세계에서 당신들은 더 이상 절대자들이 아니라는 거, 도대체 몇 번이나 말해 줘야 알아들으시겠어요."

마왕들은 분명 강하다.

존재 자체만으로도 재앙이라고 부르기에 충분할 정도다.

하지만 대적할 사람이 아예 없지는 않았다.

지구를 관장하고 있는 시스템이 다른 세계로 지구인들을 보냈고, 그곳에서 돌아온 이들 중에는 엄청난 강자들이 즐비했다.

그들은 하나하나가 모두 강력한 변수였다.

"이세민이 강하다는 것은 알고 있었지만, 그 정도일 줄은 저도 몰랐습니다. 그러니 그 부분에 대해서는 그냥 넘어가 드리도록 하죠."

무명은 수정구를 바닥에 내려놓은 후, 발로 강하게 찼다.

그러자 루시퍼가 봉인되어 있던 수정구가 동굴의 물웅덩이에 처박혔다.

"일 장로, 내가 지시한 건 완수하셨습니까?"

무명의 말에 일 장로는 무릎을 꿇은 채로 대답했다.

"백명교에 어비스 던전에 대한 정보를 건네는 일을 말씀하신 거라면, 예, 그리하였습니다."

"잘하셨습니다."

무명은 활짝 미소를 지었다.

"마음 같아서는 그곳 내부에서 벌어지는 일을 직접 구경하고 싶어요."

백명교는 고대 신을 따르는 자들이다.

그런 자들이 과연 고대 신이 기다리고 있다는 어비스 던전을 그냥 지나칠까?

"정말로 기대됩니다."

그는 환희에 찬 목소리로 말했다.

김시우에게 있어서 이번 싸움은 결코 쉽게 흘러가지 않을 것이다.

결국, 김시우와 리멘 교단은 상해를 가져가는 대가로 많은 것을 잃게 되리라.

"일 장로."

"말씀하십시오."

"이 땅에 외세를 끌어들인 자들에게 본보기가 필요할 것 같습니다. 본 드래곤 두 마리를 베이징으로 보내세요. 드디어 우리가 움직일 차례입니다."

"모든 것이 위대하신 분의 뜻대로."

"우리가 바라는 세상이 얼마 남지 않았습니다."

무명의 눈에서 광기가 일렁이고 있었다.

일 장로는 그저 고개를 숙인 채, 그를 숭배할 뿐이었다.

⁂

전투 시작 20분 뒤.

우리는 결국 신전 내부까지 진입했다.

얼굴 없는 자들의 시체로 가득한 계단을 넘어, 천천히 본당 안으로 들어섰다.

신전 내부는 외부와 전혀 다른 분위기였다.

꼴에 신격은 신격이라고, 성지의 중심에 그 누구도 들여놓지 않았다.

"우리 신전이 이렇게 넓었었나요?"

루나가 신전 내부를 둘러보면서 말했다.

나는 고개를 가로저었다.

"그럴 리가. 밖에서 보이는 것보다 내부가 훨씬 거대해. 대충 봐도 알잖아."

"이런 게 말이 되나?"

"공간이 왜곡되어 있다는 소리지."

인과율에서 벗어난 세계.

이런 현상 따위는 이 세계에선 당연한 축에 속할지도 모르겠다.

우리가 알고 있는 상식이 모두 부정되는 세상.

이곳의 신격은 마침내 새로운 질서를 만들어 낸 것이다.

광기. 순응.

우리가 신전에 들어서자 머릿속에서 울려 퍼지는 신탁이 더욱 강렬해진다.

나와 이세민을 제외한 나머지 인원들은 모두 작게 신음을 흘렸다.

그들의 정신력을 뚫고 들어올 정도로 지독한 집념이었다.

최 대표야 이런 상황을 몇 번 경험해 보지 못했다고 쳐도, 루나와 레오는 몇 차례 겪어 본 적이 있었을 것이다.

그런데도 그 둘이 고통스러워한다.

그 정도로 이곳에 자리 잡은 신격의 힘이 강대하다는 뜻이다.

만약에 이곳이 폭주하지 않았다면 어땠을까?

아마 저 역겨운 놈이 이 정도까지 힘을 불리진 못했을 것이다.

골든 타임을 놓친 대가를 톡톡히 치르는 셈이다.

나는 이번에는 회색빛 신성력을 끌어올려서 그 세 명을 감

싸 주었다.

그제야 그들은 숨을 돌릴 수 있었다.

"죄송합니다, 성하. 너무 끈질기고도 집요한 목소리입니다."

"나도 충분히 이해해. 그러니까 무리하지 마라."

회색빛 신성력에는 내 격이 담겨 있었다.

그 격을 나누어 주니 그나마 살 만한 모양이다.

나는 고개를 작게 끄덕인 다음, 다시 시선을 돌려 신전의 본당을 바라보았다.

검은색 장막으로 가려진 본당.

저 안에서부터 막대한 양의 신성력이 뿜어져 나오고 있었다.

"세민 씨."

"예."

"나머지 인원들을 데리고 이곳을 막아 줄 수 있겠어요?"

내 물음에 이세민은 곧장 고개를 끄덕였다.

"충분합니다. 들어올 수 있는 입구는 한정되어 있습니다. 밖에서 막는 것보다 훨씬 쉬울 겁니다. 얼마나 버티면 되겠습니까?"

"시간을 장담할 수는 없습니다."

저 장막 너머에 어떤 게 기다리고 있을지 모른다.

그렇기 때문에 쉽게 대답할 수가 없었다.

"알겠습니다."

하지만 내 표정만으로도 대답은 충분했던 것 같다. 이세민은 빠르게 본인의 에너지를 갈무리했고, 몸을 뒤로 돌렸다.

"기다리고 있겠습니다."

"고맙습니다."

"……일찍 이 사태에 개입하지 못한 제 잘못이 가장 큽니다. 악을 방관하는 것 역시 악이다. 언젠가 교황님께서 하셨던 말씀입니다. 그러니 저에게도 죄가 있습니다. 그 죄를 속죄하기에는…… 너무 멀리 와 버렸을지도 모릅니다."

죄책감이 그의 어깨를 강하게 짓누르고 있는 것이 보인다.

나는 그의 뒷모습을 조용히 바라보았다.

그는 평소에 항상 유쾌한 얼굴로 표정을 숨기고 있었으나, 이런 순간마다 본심이 드러난다.

후회와 자책 속에 파묻힌 한 아버지.

지금의 그에게는 어떤 말을 하더라도 위로가 되지 않을 것이다.

그렇기에 그에게 더 이상 아무런 말도 하지 않았다.

대신 내 옆에 있던 세 사람에게 말했다.

"저 사람 혼자서 감당하게 만들면 안 됩니다."

내 말에 그들은 고개를 끄덕인 후, 무기를 정비하며 이세민의 뒤를 따라갔다.

그렇게 동료들이 모두 입구를 막기 위해서 떠났고, 나는

우리 교황님 좀
말려 주세요

묵묵히 앞으로 걸어갔다.

장막 너머에서 소용돌이치는 신성력들이 조금씩 흘러나와 내 몸을 휘감는다.

온몸이 타르 속에 묻히는 기분.

그 불쾌감을 이겨 내고 한 발자국씩 앞으로 걸어갔다.

상실.

짤막하게 끊기는 단어들의 나열.

신격으로서의 의지가 담긴 신탁이 울려 퍼질 때마다 신전 전체가 요동친다.

나는 그 모든 신성력들을 떨쳐 내며 마침내 장막 앞에 도달했다.

그리고 일절 고민 없이 장막을 찢고, 그 안으로 들어섰다.

그러자 리멘의 얼굴 없는 신상이 모습을 드러낸다.

서울 신전에 위치한 신상과 똑같은 생김새였으나, 딱 한 가지가 달랐다.

꾸르르르르륵.

리멘의 신상으로부터 검은색의 점액질이 뻗어 나간다.

더없이 성스러워야 할 본당 곳곳에 검은색이 덧칠되어 있었다.

심지어 일부는 형체조차 흩어지고 있었다.

너의 결말.

다시 한번 신탁이 울려 퍼졌고, 곧 신상에서 검은색 점액질이 뿜어져 나왔다.

불규칙하게 분출되던 다른 점액질들과는 달리, 그것은 사람의 형상으로 뒤바뀐다.

그것이 뚜렷한 형상으로 변하는 것은 그리 오래 걸리지 않았다.

작은 어린아이, 한 젊은 남성. 그리고 한 할머니.

순식간에 신상 앞에 세 사람이 모습을 드러냈다.

나는 그들을 보자마자 주먹을 움켜쥘 수밖에 없었다.

왜냐하면.

"선 세게 넘네."

그들은 내가 이 세상에서 제일 사랑하는 사람들이었으니까.

시연이. 인욱이. 그리고 할머니.

내가 이를 악물고 지구로 돌아오려고 했던 이유들.

"오빠."

시연이의 형상을 지닌 것의 입에서 익숙한 목소리가 흘러나왔다.

"형."

"손주."

시연이를 뒤따라서 한마디씩 울려 퍼진다.

그 목소리는 이 성당 안을 메아리쳤다.

마치 나를 미쳐 버리게 만들겠다는 듯, 끊임없이 귓가를 괴롭혔다.

나는 헛웃음을 지으며 그들을 바라보았다.

꿈이라기에는 지극히 현실적이었고, 현실이라기에는 차라리 악몽에 가까웠다.

촤르르르륵.

내가 내 가족들의 얼굴을 바라보면서 멈칫거리는 사이, 신전의 바닥에서 검은 손들이 자라났다. 그리고 그것은 내 발을 지독하리만큼 꼼꼼하게 묶었다.

그러나 딱 거기까지였다.

시스템이 재부팅됩니다.
인과율의 관리자가 당신에게 메시지를 남겨 두었습니다.
–어비스 던전이 폭주해 버린 이상, 그 안은 더 이상 자구가 아니야. 내 권한 밖이라고. 내 말이 무슨 뜻인지 이해했지? 끝도 없이 처먹어 대는 내 미운 동생에게 안부라도 전해 줘. 그럼 이따가 보자.

테라의 목소리가 귀에 울려 퍼졌다.

그녀의 말이 의미하는 것은 딱 한 가지다.

"인과율 따위는 생각할 필요가 없다는 거잖아."

전력을 끌어올려도 된다는 뜻.

지구에서처럼 인과율의 제한에 걸릴까 봐 걱정하지 않아도 된다.

그렇게 생각하니 마음이 편해졌다.

그리고 마음이 편한 만큼, 속에서 끝없이 분노가 끓어올랐다.

"가족들은 건드리지 말았어야지."

파지지지직─.

파지지직.

내 몸에서 뻗어 나간 신성력이 내 가족의 형상을 한 괴물들을 집어삼켰다.

신성력끼리 얽히면서 새하얀 스파크가 튀긴다.

나는 그 불꽃 속을 묵묵히 걸어갔다.

시연이의 형상이 나를 향해 손을 뻗었지만, 그 고사리 같은 손이 내 몸에 닿는 순간 순식간에 유리 조각처럼 깨졌다.

그건 다른 형상들도 마찬가지였다.

내가 환상 따위에 현혹될 정도로 멍청한 놈이었다면 지구로 돌아오기도 전에 죽었겠지.

내가 정말로 사랑하는 이들은 이곳이 아닌 밖에 있다.

그렇기에 나는.

"고대 신이든, 병신이든 곱게 끝내 주지 않을게. 약속해."

리멘의 신상 속에서 나를 지켜보고 있던 '눈'을 향해 몸을 날렸다.

그 '눈'은 내가 이 세계에 들어온 순간부터 나를 지켜보고 있었다.

수많은 환영들이 내 앞을 스쳐 지나간다.

내 손에 죽어 나간 마족들부터 시작해서, 전성기 시절의 칠마왕들. 그리고 더 나아가 마왕의 편에 섰던 배신자들까지.

여태 내 손에 죽어 나갔던 모든 것들이 되살아나 나를 몰아붙인다.

그것들은 단순한 환영 따위가 아니었다.

하나하나가 모두 실체를 지닌, 또 다른 현실이었다.

콰아아아아아아앙-!

끝도 없는 적들이 나를 몰아붙인다.

공간의 구분이 무의미하다라는 것을 알려 주는 듯, 본당의 크기는 가늠할 수조차 없이 넓어져만 갔다.

'눈'은 리멘의 신상에 숨은 채로 내 모든 감각을 조작하기 시작한다.

이 세계의 주인이 자신이라는 걸 매 순간 증명하고 있다.

내가 적들의 시체를 밟고 앞으로 나아가더라도 신상과의 거리는 좁혀지지 않는다.

신상은 계속 그 자리에 있었고, 그 간격은 결코 좁힐 수 없게 느껴졌다.

"너를 증오한다."

"리멘의 이름을 앞세웠다고 한들, 결국 너도 우리와 같은 살인자며 학살자다."

그들이 내 손에 죽어 가며 내뱉은 말들이 끊임없이 반복된다.

나는 신성력을 귀에 두른 채로 계속해서 나아갔다.

온몸을 적시는 뚜렷한 적의, 증오심.

온갖 부정적인 감정들이 매 순간 내 몸을 파고들려 한다.

아마 평범한 사람이었다면 진작에 정신이 무너지고 말았겠지.

그러나 저 녀석이 간과한 게 하나 있다.

"지랄들을 해요, 그냥. 뒈질 만한 놈들이니까 뒈진 거지. 내가 왜 너희랑 똑같냐?"

내 주특기는 정신 승리다.

이미 저 녀석들은 나에게 패배해서 죽어 버린 놈들.

나는 패배자의 말 따윈 귀담아듣지 않는다.

"또 뒈져 그냥."

파아아아아앙-.

나를 향해 달려드는 놈들을 쉴 새 없이 터뜨리며 계속 나아갔다.

끝이 안 보인다고 해도 상관없다.

내 몸에 잠자고 있던 신성력들을 모조리 끌어내어 맞서 싸

우리교향년좀
말려줬세요

웠다.

에덴에서 축적해 온 신성력들을, 제한받지 않고 마구잡이로 폭발시켰다.

아주 오랜만에 느껴 보는 해방감이다.

적어도 이곳은 다 박살 내더라도 상관없는 장소잖아?

이럴 때 힘을 아껴서 어디에다가 쓰겠어.

"오히려 좋아."

그래서 나는 마음껏 공격을 이어 나갔다.

신전이 부서지든 말든, 이곳은 우리 신전이 아니니까 내 알 바가 아니다.

그리고 그 사고방식은 '눈'에게 꽤 충격을 준 듯했다.

······광기.

처음과는 다르게 살짝 떨리는 목소리.

감정이 아예 없는 놈인 줄 알았더니만, 그건 또 아니었나 보지?

······왜?

녀석은 내가 왜 즐거워하는지 이해할 수 없는 듯 보였다.

무의미.

"의미가 없기는."

거리가 좁혀지지 않는 이상 내가 저 녀석을 죽일 수 있는 방법은 없다. 애초부터 이 공간 자체가 상식에서 어긋나 있다. 신격의 권능으로 인해 비틀렸기 때문이다.

내 권능으로는 이곳의 규칙을 바로잡는 게 사실상 불가능하다.

그러니까, '내 권능'으로는 말이다.

"내 힘으로 어찌할 수 없다면, 다른 존재의 힘을 빌리면 되는 거야. 그리고 나한테는 든든한 지원군이 한 명 있거든."

쩌저저저적. 내가 사방으로 퍼뜨려 두었던 신성력들이 이 공간에 빈틈을 만들어 내기 시작한다.

허공에 작은 균열이 생기더니, 곧 그 균열이 사방으로 퍼져 나갔다.

그리고 잠시 후, 그 사이에서 내가 기다리고 있던 '지원군'이 모습을 드러냈다.

"오랜만이야, 시우. 내가 많이 늦었을까?"

나는 균열 사이에서 모습을 드러낸 나의 여신님을 바라보면서 활짝 미소를 지었다.

"그럴 리가. 딱 맞춰서 와 줬어."

나의 여신님

리멘은 내 앞에 나타나자마자 와락 나를 껴안았다.

"보고 싶었어."

나는 갑작스러운 그녀의 스킨십에 헛기침을 몇 번 내뱉었다. 그리고 그녀의 등을 살짝 토닥이면서 말했다.

"지금 이럴 때가 아니라, 저 눈깔 좀 끄집어내 줘. 내 가족들을 모욕하더라."

"가족들을 모욕했어? 죽일 놈이네."

"가능할까?"

내 질문에 리멘이 불쾌하다는 듯한 표정으로 미간을 곱게 찌푸렸다.

"내가 그래도 한 세계의 주신인데, 저깟 퇴물을 어떻게 못

할까 봐? 나는 현역이라고, 현역."

내가 그토록 좁힐 수 없었던 거리.

그러나 리멘은 가볍게 손가락을 튕겼다.

파아아앗-.

엄청난 신성력과 격이 리멘의 몸에서 뿜어져 나왔다.

까드드득.

왜곡된 공간이 갈라지기 시작한다.

처음에는 좁쌀만큼의 틈이었으나 리멘은 가차없이 그 틈을 파고들었다.

잔뜩 일그러져 있던 이곳의 질서가 바로잡혔다.

"질이 나쁜 놈이네. 남의 신상에 스며들어 있고 말이야…… 안 그래?"

리멘은 자신의 신상마저 파괴했다.

신이 자신의 신상을 스스로 파괴하는 귀한 모습.

일그러진 신성력으로 똘똘 뭉쳐 있던 신상이 파괴되었고, 그 안에 있던 놈이 드디어 모습을 드러냈다.

흉측할 정도로 거대한 눈.

우리를 바라보는 녀석의 눈동자가 크게 흔들렸다.

불가해. 어떻게?

이유를 묻는 듯한 목소리.

그 질문에 대답한 건 내가 아니라 리멘이었다.

"시우는 나의 대리자야. 그리고 우리 둘의 관계는 네가 생각하는 것보다 훨씬 결속되어 있어. 하긴…… 이런 사도를 만나 본 적이 없는 너희라면 이해할 수 없겠지."

이곳. 나의 세계.

"그래서 뭐 어쩌라고?"

가만 보면 리멘의 성격도 참 많이 바뀌었다.

옛날이었으면 꿈도 꾸지 못할 적극성.

그녀는 부드러운 목소리로 저 '눈'의 진명을 읊었다.

"허기진 갈망. 격을 건 싸움에서 패배해서 도망갔으면, 적어도 돌아올 생각은 하면 안 되지. 퇴물 새끼가 어디를 넘봐?"

리멘이 진명을 말한 순간, '눈'의 형상이 흔들렸다.

잠깐이었지만 그 눈 속에서 짐승의 형상이 느껴졌던 것 같다.

곰.

정확히는 검은색의 곰.

리멘은 그 '눈'에 시선을 고정한 채로 나에게 말했다.

"저 녀석이 원래 뭐였는지 알아, 시우?"

"글쎄다."

"곰이었어. 아마도 인간들로부터 숭배를 받고, 격을 얻게

된 놈이었을 거야."

신격은 언제나 신앙심으로부터 피어오른다.

저 녀석이 처음부터 저렇게 일그러진 놈은 아니었을 것이리라.

그런데 도대체 무엇이 저 녀석을 저렇게 만들어 버린 걸까?

이런 내 의문을 읽어 냈는지, 리멘이 씁쓸한 표정으로 말했다.

"마왕의 편에 넘어간 신격들도 있었는걸. 시우, 신격이라고 해서 모두가 선하고 완벽하지 않아. 다만, 그들이 필멸자와 다른 건 하나뿐이야."

그녀는 천천히 앞으로 걸어간다.

리멘의 뒷모습에서 찬란한 빛이 일렁거린다.

그 빛은 신전 안을 드리웠던 어둠들을 빠르게 몰아내었다.

"필멸자들의 일탈은 세상을 뒤틀 수 없지만, 신격들의 일탈은 세상을 뒤틀어 버려. 그들에게 부여된 막대한 책임감을 배신한 대가지."

마왕들의 편에 섰던 신들과 최 대표를 구해 줬을 당시 마주했던 그 잊혀진 신격이 눈앞을 스쳐 지나간다.

자신의 신도들을 죽은 것만 못한 상태로 만들어 존속하려고 했던 그 버러지만도 못했던 놈들.

나는 리멘의 말에 담긴 뜻을 온전히 이해할 수 있었다.

그녀는 손을 뻗어 '눈'에 걸려 있던 강력한 환각을 해제해 버렸다.

'눈'의 형상 자체도 현실을 조작했던 것일까?

곧 녀석의 본모습이 드러났다.

검은색 곰.

녀석에게 처음 신격이 생겨났을 때의 모습.

순수했던 그때의 모습이었으리라.

다른 차원의 격. 흡수 불가.

곰은 리멘을 향해 말했지만, 리멘은 그저 미소를 지을 뿐이었다.

"내 걱정을 할 때가 아닌 것 같은데…… 너를 죽이는 건 내가 아니야. 안 그래, 시우?"

"고마워, 리멘."

화르르륵—.

내 온몸에서 성화가 타오른다.

평소와 같은 새하얀 빛의 성화가 아닌 회색빛의 성화였다.

나는 몸에 불을 두른 채로 그 곰을 향해 달려들었다.

지금까지 전혀 좁혀지지 않았던 그 거리가 단숨에 좁혀졌다.

그리고 마침내.

"닿았다."

내 주먹이 녀석의 실체에 닿았다.

화아아아아악.

내 몸을 둘러싼 성화가 검은색 곰에게 옮겨붙었고, 순식간에 녀석의 전신이 불에 휩싸였다.

쿠어어어어!

곰의 입에서 비명 소리가 흘러나온다. 녀석은 거대한 앞발을 휘둘러 내 가슴팍을 후려쳤다.

갈비뼈가 골절되는 듯한 통증.

그러나 나는 녀석의 목을 움켜쥔 채로 비릿하게 입꼬리를 올렸다.

"고통엔 영 익숙하지 않은가 봐? 나는 익숙한데."

우리와 공존. 할 수 있다. 내가. 너를. 다른 형제들로부터. 보호.

궁지에 몰려서인지 녀석의 말이 길어졌다.

제 딴에는 매력적인 제안이라고 던진 말이겠다만, 지금의 나에게는 전혀 들리지 않는 소리였다.

"패드립을 처갈겨 놓고, 내가 그냥 넘어가 주길 바랐던 거냐?"

쿠웅.

곰의 거대한 앞발이 내 머리를 후려쳤다.

머리에서 피가 흘러내려 내 시야를 붉게 물들였고, 입가에서 비릿한 피맛이 느껴졌다.

하지만 나는 더욱 짙게 웃으면서 손에 힘을 넣었다. 그리고 녀석의 노란색 눈동자를 마주하면서 말했다.

"그래도 명색이 신격이잖아. 쉽게 죽지 마라."

잠시 후.

우드드드득-.

뼈가 뒤틀리는 섬뜩한 소리가 신전 가득 울려 퍼졌다.

�֍

격을 흡수합니다.
특수 능력치 〈격〉이 200 증가합니다.
지구의 고대 신 〈허기진 갈망〉의 존재가 완전히 소멸합니다.
새로운 패시브 스킬 〈끝없는 허기〉를 획득하였습니다.
당신의 공격은 〈종류: 신격〉의 격을 강탈할 수 있습니다.

세상에서 묶어 두고 패는 것만큼 위력적인 건 없다.

나는 갈기갈기 찢겨 나간 곰의 사체를 바닥에 던진 다음, 그 사체 위에 침을 뱉었다.

"전투력은 백설이만도 못한 놈이."

우우우우웅.

전투가 끝나자마자 이 공간의 신성력이 나에게로 흡수되는 것이 느껴졌다.

내 고유 신성력이라고 할 수 있는 회색빛의 신성력.

이번 전투에서 소모한 신성력의 빈자리가 고스란히 채워졌다.

원래의 신성력 비율을 따지자면 리멘의 신성력 90%, 내 신성력 10% 정도.

하지만 지금은 리멘의 신성력이 60%, 내 신성력이 40% 정도까지 치고 올라왔다.

고작 절반 정도 흡수했을 뿐인데 이 정도다. 내 능력으로는 50%까지가 한계였던 것 같다.

이 녀석이 보유하고 있던 신성력의 양이 그만큼 방대했다는 것을 의미한다.

나는 허공에서 흩어지는 신성력들을 바라보면서 리멘에게 말했다.

"아깝지 않아? 차원 넘어오느라 힘 많이 소모했을 텐데, 저거라도……"

그러자 리멘은 고개를 가로저었다.

"다른 차원의 신격이 쌓아 둔 신성력은 흡수할 수 없어. 호환되지 않는 혈액형이라고 해야 할까?"

"……이해가 쉽게 되네. 그럼 나는?"

"음, 시우가 비록 내 하위 신이긴 하지만, 결국 출신 차원계는 지구잖아. 게다가 신격을 획득한 곳도 지구고. 나와는 경우가 아예 다르지."

어비스 던전에 진입한 후 쉴 새 없이 싸웠음에도 불구하고 전혀 피로하지 않았다.

격을 흡수해서인 것 같다.

나는 한숨을 크게 내쉬었다. 그리고 리멘을 향해 물었다.

"평소보다 훨씬 간절하게 기도하긴 했는데, 그래도 늦지 않게 와 줬네."

"이곳은 엄밀히 따지면 지구가 아니라서 그렇지. 급조된 세계라 빈틈도 많았어."

"에덴 상황은 어때?"

"안정적이야. 더 이상 침범하는 적들도 없고, 이제 조금씩 전쟁의 후유증으로부터 벗어날 것 같아."

리멘은 나른한 목소리로 대답을 해 주었다. 그리고 곧 나에게 슬며시 다가와서 나를 껴안았다.

"보고 싶었어. 왜 요새는 연락 자주 안 해? 엄청 기다렸단 말이야."

"아무 때나 연락하기가 힘들어. 그때 말했잖아? 국제통화료가 너무 비싸다고."

나라고 연락하기 싫어서 연락 안 하나.

매번 통화할 때마다 수천억씩 깨지니까 그렇지.

리멘은 내 말에 작게 소리를 내어 웃었다.

"축성소 있으면 돈 많이 벌지 않아?"

"지구에서 교단을 운영하는 게 얼마나 돈이 드는 일인지 넌 몰라."

"하긴, 에덴에서도 돈이…… 어, 시우."

"왜?"

"불청객이 왔어."

그 말이 무슨 뜻인지 이해하기까지는 그리 오래 걸리지 않았다.

"나 신경 쓰지 말고 둘이 하던 것들 해. 뭘 그리 신경을 쓰시나?"

무너진 신상의 뒤쪽에서 낯이 익은 얼굴이 모습을 드러냈다.

테라였다.

테라는 바닥에 처참하게 널브러져 있는 곰의 사체를 발로 차면서 말했다.

"돼지 새끼, 잘 죽었다. 고생했다, 교황. 이제 본격적으로 사냥을 시작하겠네. 아주 보기 좋아. 내가 너 엄청 믿고 있는 거 알지?"

"테라, 이런 식으로 다시 보게 될 줄은 몰랐는데."

리멘은 내 앞에 나서면서 말했다.

그러자 테라는 피식 웃으면서 대답했다.

"오랜 시간 함께했던 형제가 죽었잖아? 병신 같은 놈이라고 하더라도 조문은 해야지. 그게 예의야. 안 그래, 교황아?"

"저놈은 정말 여기에서 끝인 거냐?"

"물론. 네가 남김 없이 먹어치웠잖아. 그러면서 이 녀석이 지니고 있던 권능도 일부 흡수했을 테고. 아주 만족스러운 결과야. 이 던전이 폭주하지 않았다면 절대로 나오지 못했을 결과기도 하지."

테라는 그렇게 말하며 피처럼 붉은 꽃 하나를 곰의 사체 위에 던졌다.

"축생으로 시작해서 모두의 우러름을 받는 신격에 이르렀는데, 도대체 뭐가 그리 배가 고팠는지, 쯧."

테라의 손에서 검은색 불꽃이 피어올랐다.

화르르륵.

그 불은 곰의 사체를 남김없이 불태웠다.

"쫓겨났으면 그냥 그곳에 처박혀서 살 것이지, 왜 고향에 돌아오겠다고 지랄들인지 몰라. 교황, 너는 어떻게 생각해?"

"집 나가면 개고생이라는 걸 깨달은 게 아닐까?"

"유머 있는 남자. 매력 있지. 어이, 리멘, 행복하겠어."

리멘은 살짝 어두워진 표정으로 테라에게 말했다.

"테라, 찾아온 이유가 뭐야?"

"아, 이번에는 교황이 아니라 너한테 용무가 있어서 왔어. 그러니까—."

테라가 알 수 없는 언어로 무언가를 말했다.

언어의 축복이 나에게 있는 이상 못 알아들을 수가 없는데, 어째서인지 그녀의 말을 도저히 알아들을 수 없었다.

나는 그제야 리멘이 잠시 나로부터 언어의 축복을 거두어 갔다는 것을 깨달을 수 있었다.

테라는 리멘을 향해 무어라 계속 말했다.

그리고 리멘은 테라의 말을 들으면서 씁쓸한 미소를 지었다.

둘이 무슨 대화를 나누고 있는 걸까?

그 둘은 나를 옆에 둔 채 꽤 오랫동안 대화를 나눴다.

얼마나 시간이 흘렀을까, 마침내 그 둘의 대화가 끝이 났고 테라가 나를 바라보면서 말했다.

"뭐, 좋아. 리멘, 그건 네가 선택할 문제니까."

"이제 용무가 끝났으니 돌아가."

"이 차원을 소멸시키는 건 네가 알아서 할 거냐? 지구와 연결되어 있기는 해서, 내버려 두면 곤란해."

"알겠어."

"좋아, 그럼 불청객은 다시 사라져 주지."

테라는 허공에 푸른 빛의 문을 만들어 냈다. 그리고 그 문의 손잡이를 잡은 채로 나에게 말했다.

"교황, 저놈은 시작에 불과하다는 걸 잊지 마라. 그럼 난 다시 간다."

테라는 조용히 문 너머로 사라졌다. 그녀가 문을 닫자마자 푸른빛의 문은 순식간에 흩어졌다.

"리멘."

나는 나지막하게 리멘의 이름을 불렀다.

"응."

"둘이 무슨 이야기를 나눈 거야?"

내 단도직입적인 질문에 리멘은 천천히 고개를 가로저었다.

"아무것도 아니야. 정말로."

기분 탓일까?

그렇게 말하는 리멘의 얼굴 위로 잠깐이나마 슬픔이 묻어났던 것 같다.

하지만 그것도 잠시, 리멘은 활짝 웃으면서 말했다.

"동료들이랑 다시 지구로 돌아가야지? 내가 길을 열어 줄게."

"리멘."

"또 보자, 시우. 기다리고 있을게."

나를 서둘러 돌려보내려는 것처럼 느껴지는 건 왜일까.

나는 리멘에게 아무런 말도 할 수 없었다.

❖

리멘이 나에게 숨기려고 하는 것이 무엇일까?

지금껏 리멘은 나에게 아무것도 숨기지 않았었다.

그것은 나와 그녀가 맺은 암묵적인 룰이었고, 그녀가 나에게 신뢰를 쌓기 위해서 택했던 방식이었다.

나를 에덴으로 납치해 갔던 리멘으로서는 어쩔 수 없는 선택이었을지도 모른다.

처음에야 그녀를 많이 원망했지만, 지금에 와서는 오히려 잘된 일이라고 생각한다.

그녀가 나를 에덴으로 데려가지 않았다면, 내 가족들을 지킬 힘을 얻지 못했을 것이다.

그렇기에 나는 겉으로는 툴툴거리더라도, 마음속으론 그녀를 받아들였다.

하지만 아까 리멘이 테라와 무슨 이야기를 나눴던 걸까?

내 기억이 틀리지 않다면, 분명히 리멘의 얼굴에서 슬픔이 느껴졌다.

"하아."

테라와 리멘 사이의 일들은 내가 알지 못하는 이야기들이 대부분이었기 때문에 쉽사리 짐작조차 할 수 없었다.

그저 답답할 뿐.

"성하, 방금 전에 리멘님께서 오셨다가 가셨는지요."

"맞아, 리멘이 문을 열어 줬어."

"그저 은혜로울 따름입니다."

어비스 던전이 자연스레 소멸하였고, 우리는 곧바로 던전

밖으로 탈출할 수 있었다.

어비스 던전은 언제 있었냐는 듯, 흔적조차 없이 사라져 있었다.

그 자리를 텅 빈 구덩이가 대체할 뿐.

나는 레오를 바라보면서 씁쓸하게 미소를 지었다.

"다친 곳은 없……지는 않네."

레오는 피로 물든 손으로 자신의 복부를 막고 있었다.

복부 위에 올려 둔 손을 비집고 피가 흘러내린다.

완벽하게 지혈이 되지 않은 모양이다.

나는 한숨을 푹 내쉬면서 레오에게 다가갔다. 그리고 레오의 환부 위에 가볍게 신성력을 불어 넣었다.

"상처가 꽤 깊다."

"내장이 흘러내리려는 걸 급히 손……."

"……거기까지. 굳이 설명 안 해 줘도 돼."

"알겠습니다."

레오는 몸을 아끼지 않는 전투 스타일이기 때문에 한번 부상을 당하면 꽤 심하게 당한다.

이건 에덴에서 오랫동안 함께 싸워 오며 경험했던 것이기도 하다.

레오는 보기 드문 미소를 지으며 나에게 말했다.

"옛날 생각이 납니다."

"사망 플래그 세우지 말고."

"제가 성하의 잘린 팔을 주워서 가져다드린 걸, 웃으시면서 붙이셨잖습니까?"

"루시퍼랑 싸울 때?"

"예. 그때 그 모습이 얼마나 멋있던지, 지금 생각해도 가슴이 뜁니다."

북방 출신의 선지자답게 성향 자체도 야만 전사에 가까운 레오.

진짜 이렇게 레오를 치료해 주고 있으니 옛날 생각이 떠오르긴 한다.

그때는 정말 살아남기 위해서 싸웠는데 말이지.

"성하."

그렇게 내가 레오의 치료에 집중하고 있는 사이, 레오에 비해 그나마 상태가 멀쩡했던 루나가 건물 잔해에 걸터앉으면서 말했다.

"왜?"

"이세민 씨, 그냥 우리 교단에서 종신 계약 하면 안 돼요? 진짜 장난 아니던데. 에덴에 저런 사람 한 명만 더 있었어도 몇만 명은 더 살았겠다."

그녀는 그렇게 말하며 적들의 피로 온몸을 흠뻑 적신 이세민을 가리켰다.

전투가 끝난 지 얼마 안 되어서인지는 몰라도 그의 몸에서는 여전히 살기가 진득하게 뿜어져 나오고 있었다.

수많은 전장을 넘어선 남자.

그가 지닌 강함은 결코 온실 속에서 자랄 수 없는 것이었다.

적을 물어뜯고 분쇄하는 것에 집중되어 있는 힘.

그가 전투를 하면서 보여 주는 야성은 분명히 끔찍한 수준이었다.

지구로 돌아와서는 가족들 때문에 그 야성을 억누른 듯 보였지만, 그걸 정화자 놈들이 건드려 버렸다.

재수 없는 놈은 뒤로 넘어져도 코가 깨진다더니.

그 말이 딱 맞다.

건드려도 하필이면 저런 남자를 건드릴 줄이야.

"탐나는 인재예요."

루나가 입맛을 다시면서 이세민을 쳐다보았고, 나는 다시 한번 한숨을 푹 내쉬었다.

"유부남이다."

"아니, 그런 쪽으로 말구요. 이세민 씨가 우리 교단에 투신만 해 준다면…… 업무 강도가 굉장히 낮아질 것 같은데."

"인건비는 네가 책임질 거냐? 이레귤러 몸값이 싼 줄 알아?"

"라파엘처럼 어떻게 뭐 안 되나? 아쉬워서 그러죠, 아쉬워서."

전투에 한해서만큼은 칭찬에 인색한 루나가 저렇게까지

말할 정도니, 더 이상의 설명은 필요 없을 것이다.

나는 온몸에서 김을 모락모락 피워 올리는 이세민을 바라보면서 천천히 고개를 끄덕였다.

"든든한 원군이야."

자현이를 한반도에 둘 수 있었던 가장 큰 이유기도 하다.

그의 미소 뒤에 잠들어 있는 증오심을 경계해야겠지만, 적어도 지금까지 본 이세민은 증오심에 잡아먹혀서 실수를 할 남자가 아니다.

그런 남자였으면 지구로 돌아오지도 못했으리라.

"그래도 가장 급한 불은 껐네요."

루나는 무기를 자신의 옆에 내려놓으면서 말했다.

땀에 살짝 젖은 그녀의 머리카락이 석양빛에 물든다.

"위험 요소를 모두 제거한 셈이지."

"백명교 놈들은 왜 안 왔을까요? 고대 신이랑 관련된 곳이면 빠지지 않는 녀석들일 텐데요. 설마 잘 몰랐나?"

"그랬을 것 같지는 않아."

정화자 놈들은 일찍이 이 어비스 던전의 정체에 대해서 파악했을 것이다.

고대 신의 성소.

녀석들이 제압을 하려고 했다면 제압은 했겠지만, 신성력과 마기의 상성을 생각해 봤을 때 손해가 막심했을 것이다.

그래서 우리에게 짬을 때려 버린 거다.

그런 건 길게 생각하지 않아도 알아차릴 수 있었다.

만약 이 성소가 소멸되지 않고 지구에 영향력을 뻗쳤다면…… 상해는 도시 전체가 성소, 그러니까 고대 신의 생텀이 되었으리라.

"우리한테 은근슬쩍 정보를 노출한 놈들이 백명교에도 같은 짓을 안 했을 리가 없지."

분명히 백명교에서도 이 어비스 던전에 관한 정보를 입수했을 것이다.

그럼에도 그들이 움직이지 않았다는 것은, 백명교에서 이 어비스 던전을 포기했다는 것을 의미한다.

테라는 고대 신이라고 해서 같은 편은 아니라고 했다.

어쩌면 이 〈허기진 갈망〉이라는 놈은 백명교의 적에 해당되는 놈이 아니었을까?

시스템이 당신의 격이 상승한 것을 확인하였습니다.
당신의 권속들의 힘이 강해집니다.
일정 수준의 격에 도달한 자들에게는 새로운 이야기를 써 내려갈 자격이 주어집니다.
특수 퀘스트 〈신화 – 서막〉이 생성됩니다.
당신의 새로운 이야기를 이 땅 위에서 써 내려가십시오.

백명교가 뭘 하고 있건 말건, 눈앞에 떠오르는 수많은 메시지창.

신화라.

고대 신들을 죽여 달라는 이야기를 꽤 거창하게 포장하는 재주가 있는걸.

나는 퀘스트의 완료 조건에 적혀 있는 〈또 다른 고대 신을 흡수〉라는 문장을 확인하면서 피식 입꼬리를 올렸다.

어찌 되었건 상해는 완전히 우리의 영향하에 들어오게 되었다.

⚜

가장 큰 위험 요소라고 할 수 있었던 어비스 던전까지 소멸된 이후, 우리는 상해 곳곳에 남아 있었던 정화자의 흔적을 제거하는 것에 힘을 쏟았다.

소탕 작전 중에 많은 활약을 펼친 것은 다름이 아니라 이은택이 이끄는 이단심문관들이었다.

터널, 지하도.

겉으로는 드러나지 않은 각종 은신처들.

쉽게 찾아낼 수 없는 적들의 시설을 샅샅이 수색해 내는 이단심문관들.

그들은 난민들 사이에 숨어 있던 마기 사용자들까지 남김 없이 색출해 내었다.

이단심문관들에게 벨페고르라는 좋은 교보재를 제공한 보

람이 있었달까?

부정한 것들은 제거하고, 부서진 건물들은 다시 올리고.

충분한 인력과 자본까지 투입되니 도시는 금세 다시 되살아났다.

"수리가 필요한 장비들을 저렴한 가격에 수리해 드립니다."

"리멘 재단에서 보낸 구호품들은 충분하니까 필요하신 분들은 질서를 지키면서 대기해 주십시오."

"의료적인 도움이 필요하신 분들은 임시로 설치된 야전병원으로 향해 주십시오!"

"현재 병원들을 비롯한 중요 시설부터 복구 작업에 들어갔습니다. 간호사, 의사 등의 의료 인력도 급히 구인합니다!"

나는 집무실의 창문 밖을 바라보면서 천천히 고개를 끄덕였다.

성지를 중심으로, 원래의 모습을 찾아가는 구역이 하나둘씩 늘어 가고 있었다.

보급로가 뚫린 덕분에 더 이상 식량이나 의료품 들이 부족하지는 않았다.

게다가 생필품 역시 중국 정부가 마련—대한민국과 일본으로부터 구매한—하여 빠르게 공급되는 중이었다.

내전 발발 전으로 돌아가긴 힘들겠으나, 그래도 불과 몇 주 전의 상해와 비교해 본다면 엄청난 복구 속도라고 할 수 있겠다.

치안도 눈에 띄게 좋아졌다.

우리 리멘 교단의 성기사들이 주기적으로 상해를 정찰하고 있었고, 상해시의 공안들도 조금씩 세력을 회복하고 있는 상황.

이런 여러 가지 긍정적인 신호 속에서.

리멘 교단의 신도가 기하급수적으로 증가합니다.
신성 점수를 획득하였습니다.
신성 점수를……

우리 교단의 신도 숫자 역시 하늘을 향해 치솟고 있었다.

정식으로 입교 신청서를 제출한 상해 시민의 숫자만 하더라도 집계가 힘들 정도였다.

"……결과는 좋았어."

결과부터 말하자면 우리 교단의 상해 상륙작전은 대성공이었다.

상해를 완전히 수복하는 데에 성공했으며, 많은 시민을 구출했다.

더불어 중국 대륙에 우리 교단의 거점을 마련했다는 것도 엄청난 성과였다.

"성하, 시간이 되었습니다."

"벌써?"

그러나 아무리 성공적인 진출이었다고 한들, 좋은 소식만 있는 건 아니었다.

집무실 안으로 들어온 레오는 부상을 입은 상태임에도 불구하고 검은색 사제복을 입고 있었다.

레오가 입고 있는 사제복은 전투복과는 달리, 교단의 중요 행사가 있을 때만 입는 정복이었다.

나는 레오의 말에 고개를 작게 끄덕인 다음, 입고 있던 하얀색 예복의 옷매무새를 정리했다.

"실례가 안 된다면 제가 도와드리겠습니다."

"고맙다."

레오는 조용히 나에게로 다가와서 내 복장을 살펴 준다.

지구로 건너와서는 단 한 번도 입어 본 적이 없었던 하얀색 예복.

리멘 교단 내부에서는 〈신실한 자의 의복〉이라고 불리는, 교황만이 입을 수 있는 예복이었다.

축성된 천으로 만들어진, 성물이나 다름없는 예복이라고 할 수 있겠다.

여태까지 안 입었던 이 예복을 오늘에서야 입는 이유는 하나뿐이었다.

오늘은 내가 교황으로서 반드시 해야만 하는 일이 있었기 때문이다.

"가자."

"예."

나는 레오와 함께 신전의 지하 통로를 지나서 서울로 향했
다.

성지 간의 통로를 통해서 서울에 도착할 수 있었고, 곧바
로 신전 밖으로 향했다.

시끌벅적한 분위기의 상해 성지와는 달리, 서울 성지의 분
위기는 엄숙했다.

평소와 같으면 기도를 드리러 온 신도들로 가득 찼을 서울
신전이었지만, 오늘은 단 한 명도 없었다.

그 조용한 복도를 지나서 신전의 밖으로 향했다.

그러자 곧 예식용 검을 쥐고 있는 우리 교단의 성기사들이
눈에 들어왔다.

그들은 나를 보자마자 일제히 검을 하늘로 들어 올렸다.

태양의 빛이 그들의 검에 내려앉았고, 나는 천천히 고개를
끄덕이면서 신전의 계단을 내려갔다.

신전 계단 앞에는 하얀색 천으로 뒤덮인 두 개의 관이 놓
여 있었다.

나는 조용히 그 관 앞으로 다가갔다.

그러자 관 옆에 서 있던 라파르트 대주교가 나에게 성수가
담긴 그릇을 건네주었다.

"성하."

"고맙습니다, 라파르트 대주교."

천천히 그 그릇을 받았다. 그리고 조심스럽게 손에 성수를 받아, 그 두 개의 관 위에 뿌렸다.

한참 동안을 말없이 그 동작을 반복했다.

그리고 마침내 그릇이 바닥을 보였을 때쯤, 나는 나지막한 목소리로 말했다.

"유선일 형제님, 김기석 형제님. 약자들을 위해, 고통받는 이들을 위해, 그리고 리멘을 위해 행한 그대들의 헌신은 우리 모두의 머릿속에 기억될 것입니다."

상해에서 벌어졌던 전투에서 발생했던 중상자 중, 이 두 명은 끝내 목숨을 잃었다.

나는 그 둘의 관을 손으로 천천히 쓸었다.

에덴에서는 수도 없이 경험했던 순간이다. 함께 싸워 온 전우들의 시체를 껴안기도 했었고, 심지어 눈앞에서 죽어 나가는 걸 본 적도 있었다.

익숙해졌다고 한다면 그건 거짓말이다.

누군가를 잃는다는 것.

내 사람들을 잃는다는 것은 익숙해질 수가 없다. 그저 견딜 뿐이지.

나는 조용히 그 관을 내려다보았다. 그리고 나지막한 목소리로 말했다.

"여러분들이 내 형제라는 것이 자랑스러웠습니다. 제 형제가 되어 주셔서 감사했습니다. 리멘께서 그대들을 품에 안아 주시기를."

그들은 우리 교단의 공식적인 첫 번째, 두 번째 전사자였다.

그 관을 눈으로 보고 나서야 비로소 깨달을 수 있었다.

우리가 이제는 정말로 전쟁의 한복판에 들어섰다는 것을.

나는 그 관 앞에서 한참 동안을 말없이 머물렀다.

❧

전사자 두 명은 우리가 신목 앞에 마련한 작은 묘지에 안장되었다.

페어리들이 특별히 신경을 써 준 장소였다.

페어리들과 페어리들의 나무 정령들이 직접 만들어 준 꽃의 묘지.

평소에 장난기 많고 수다스러웠던 페어리들도 모두 작은 꽃을 든 채로 엄숙히 이 순간을 기다려 준다.

내가 비록 마지막 순간은 함께하지 못했으나, 그들의 몸이 땅으로 스며드는 순간은 함께해 주었다.

사망한 둘 모두 1기 교육생.

레오로부터 보고받기로는 둘 모두 다른 동료들을 구하는 과정에서 치명상을 입었다고 했다.

"저기······."

상복을 입고 있던 한 중년 여성이 나에게로 다가왔다.

그녀는 눈물 자국을 애써 지워 내면서 말했다.

"제 아들, 리멘님께서······ 잘······ 챙겨 주시겠지요?"

전사자 중 한 명인 유선일 씨의 하나뿐인 어머니.

이 자리에 도착한 유일한 유가족이었다.

김기석 씨의 가족들은 디멘션 오프닝 때 모두 사망했다고
했다.

나는 힘겹게 고개를 끄덕였다.

"예."

내 대답에 그녀는 떨리는 손으로 자신의 눈물을 닦아 내었
다.

그리고 잔뜩 메마른 목소리로 말했다.

"제 아들놈이 그래도 좋은 일 하다가 간 건데, 가슴이······
가슴이 정말······."

자식을 잃은 부모의 심정은 나조차도 상상할 수 없었다.

그렇기에 나는 그녀의 말을 조용히 가슴속에 담아 둘 뿐이
었다.

그녀는 아들의 관을 바라보면서 애써 미소를 지었다.

"선일이와 그저께 마지막으로 대화를 나눴어요. 후회하지
않는다고. 돌아가더라도 같은 선택을 하겠다고. 마지막까지
스스로를 자랑스러워하던 아들이었는데······ 제가 여기에서

후회해 버리면, 저놈이 편하게 떠날 수가 있겠어요."

소중한 사람을 잃는 순간은 언제나 아프다.

유선일 씨의 어머니는 한참 동안을 말없이 고개를 끄덕였다.

"오늘 아침에 멍하니 뉴스를 보았는데, 상해의 수많은 사람들이 목숨을 구했다는 뉴스가 뜨더라구요. 제 자식이……제 못난 아들놈이 구한 사람들이겠지요?"

그 말에 나는 고개를 끄덕였다.

"그렇습니다."

저 둘은 관련도 없는 연고지에서, 관련도 없는 사람들을 위해 기꺼이 싸웠다.

그리고 동료가 위험에 빠지자 고민 없이 몸을 내던졌고, 셀 수 없이 많은 사람들을 살렸다.

"저희가 이 세상에 있는 동안, 마지막 순간까지 기억하겠습니다."

저들을 위해 우리가 해 줄 수 있는 것이라고는 그들의 이름을 기억해 주는 것뿐.

우리는 그들의 이름을 가슴 깊은 곳에 묻어 둔 채로 앞으로 나아가야만 했다.

나는 나지막한 목소리로 말했다.

"……죄송합니다."

그러자 유선일 씨의 어머니가 고개를 천천히 가로저었다.

그러더니 비어 있는 김기석 형제의 유가족석을 바라보면서 말했다.

　"저 청년에겐 가족이 없다고 들었어요. 교황님, 혹시 제가 저 청년을 위해서 함께 기도해도 될까요?"

　그 말에 나는 힘겹게 웃으면서 고개를 끄덕였다.

　"그래 주신다면…… 정말 감사할 것 같습니다."

　마침내 그 둘의 관이 묘지에 안장되었고, 곧바로 성기사들이 그 관 위를 흙으로 덮었다.

　라파르트 대주교가 그 앞에서 두 손을 모은 채로 기도를 올린다.

　"자비로우신 리멘님이시여. 이 땅 위에 당신의 사랑을 퍼뜨린 우리의 전사들을 위하여 당신의 품을 내어 주시옵소서. 당신의 사랑이 그들의 안식이 되게 하옵시고, 영광스러운 그들의 영혼을 거두어 주시옵소서."

　라파르트 대주교의 목소리가 사방으로 퍼져 나갔다.

　이곳에 있던 나머지 인원들도 라파르트 대주교를 따라 저마다 기도를 올렸다.

　나는 그들의 모습을 하나하나 눈에 담았다.

　애써 눈물을 참는 성기사들도.

　고개를 숙인 채로 흐느끼는 성기사들도.

　한때 저 둘과 함께했던 동료들이, 각자만의 방식으로 동료를 보내고 있다.

그렇게 이 순간이 지나간다.

마침내 안장 절차가 끝났을 때.

우우우웅.

푸른 모습 그대로 머무르고 있던 신목에서 새하얀 빛이 뿜어져 나왔다.

눈이 부시게 밝은 빛.

그 빛은 전사자의 관이 안장된 흙 위를 따스하게 덮었다.

그 순간 나는 리멘이 신목에 임했음을 깨달았다.

그녀가 손을 뻗어 전사자의 관을 쓰다듬고 있었던 것이다.

"내 자랑스러운 아이들."

리멘의 목소리가 울려 퍼졌다.

그 목소리는 비단 나에게만 들린 게 아니었다.

라파르트 대주교도, 레오도.

더 나아가 그 자리에 있던 모든 신도들에게도.

그녀의 부드럽고 따뜻한 목소리가 내려앉았다.

"내 이름을 품어 주어서 고마워."

그 두 마디가 끝이었다.

그러나 그녀의 목소리가 분명히 성지 가득 울려 퍼졌다.

내 옆에서 나와 함께 그 목소리를 듣고 있던 유선일 씨의 어머니가 작게 흐느꼈다.

　그리고 눈물을 흘리면서 고개를 끄덕였다.

　"감사합니다, 리멘님."

　그녀에게는 보이지 않았겠지만, 내 눈에는 분명히 보였다.

　리멘이 슬퍼하는 그녀를 껴안는다.

　나는 리멘과 두 눈을 마주쳤다. 그러자 리멘이 슬픈 미소를 짓는다.

　-항상 힘든 일을 맡겨서 미안해, 시우.

　이것은 나에게만 들리는 그녀의 신탁.

　그녀가 테라와 어떤 이야기를 나눴는지 궁금하기는 했지만, 그렇다고 해서 걱정은 하지 않는다.

　리멘은 언제나 나를 먼저 생각해 주었다.

　그렇기에 그녀가 말해 주지 않는 것들에는, 그만한 이유가 있을 것이다.

　언젠가는 나에게 그 진실들을 말해 주겠지.

　그 전까지 내가 해야 할 일을 하면서 그저 앞으로 나아가면 될 뿐이다.

　"잘 부탁해."

　나는 짧게 중얼거렸고, 리멘이 천천히 고개를 끄덕였다.

그리고 잠시 후.

사르르륵.

성지를 가득 뒤덮고 있던 빛이 곧 땅속으로 스며들었다.

리멘이 전사자들을 위해 해 줄 수 있는 최고의 예의였다는 걸 잘 알고 있다.

차원 간 연결이 힘들었음에도 직접 현신했을 정도로, 리멘 역시 그들의 죽음을 안타까워하고 있다는 뜻이리라.

리멘이 만들어 낸 기적의 순간이 끝났고, 곧 그 뒤를 성기사들의 찬송가가 이었다.

나는 그들이 한목소리로 부르는 찬송가를 들으며 몸을 되돌렸다.

그들의 찬송가는 내가 신전에 들어서고도 한참 뒤까지 계속되었다.

❧

전사자들의 모든 장례 절차가 끝나자, 교단의 병력은 다시 상해로 향했다.

나를 비롯한 교단의 간부들은 잠시 신전에 모여서 회의를 진행했다.

"돈으로 보상이 되진 않겠지만, 전사자들의 유가족들이 부족한 것 없이 살아갈 수 있게 해 줘야 합니다."

"재단에서 이미 기금을 마련해 두었습니다. 그 부분 차질 없도록 조치하겠습니다."

"김기석 형제의 경우는 어떻게 됩니까?"

"김기석 형제의 경우 가족이 없으므로 보상금을 지급할 대상이 없습니다. 따라서 같은 금액을 김기석 형제의 이름으로 각 보육 시설에 지속적으로 기부를 할 예정입니다."

"……아이디어 괜찮네요. 그렇게 진행해 주세요. 제가 따로 결재를 해 줘야 합니까?"

"예, 여기 서류에 서명만 해 주시면 됩니다."

누군가의 죽음이 누군가에게는 새로운 삶을 선물하게 된다.

김기석 형제로부터 기부를 받은 어린아이들은 언젠가 커서 자신의 후원자를 찾게 될 것이다.

그리고 그들은 김기석 형제의 이름을 기억하게 되겠지.

좋은 생각이었고, 좋은 시도였다.

나는 라파르트 대주교가 건넨 서류에 서명을 하면서 고개를 끄덕였다.

"비록 에덴에서는 우리가 경황이 없어 전사자들을 챙겨 주지 못했지만, 지구에서만큼은 꼭 챙겨 줍시다."

"항상 명심하겠습니다."

공훈에 보답하는 보훈 사업은 반드시 필요한 사업이다.

아무리 우리가 리멘에 대한 신앙심으로 뭉친 집단이라고

하더라도, 목숨을 바쳐 싸우는 이들을 위해서 많은 것을 준비해 주어야만 한다.

라파르트 대주교는 내 앞에 놓여 있던 서류를 다시 챙겨 갔다.

"오늘을 잊지 못할 것 같습니다."

"왜요?"

"리멘님께서 전사자들을 위해 직접 현신하셨으니까요. 리멘님이 현신하신 것을 직접 본 건…… 이번이 두 번째로군요."

"첫 번째는 언제입니까?"

"제가 선지자로서의 운명을 깨닫고 신전에 처음 왔을 때, 리멘님께서 사제의 형상으로 저를 맞이해 주셨습니다. 처음에는 리멘님인 줄 몰랐으나, 후에 가서야 그분이 리멘님이란 걸 알게 되었지요."

그런 걸 보면 리멘은 자신의 신도들을 참 세심하게 챙길 줄 안다.

나는 라파르트 대주교의 간증을 들으며 희미하게 웃었다.

그리고 레오와 루나에게 말했다.

"상해로 복귀하면 병력을 잘 추슬러 줬으면 한다. 다들 동료를 잃은 건 이번이 처음이니까, 내색은 안 하더라도 상처가 클 거야. 너희도 전우를 잃는 게 어떤 기분인지 잘 알잖아?"

그러자 루나가 한숨을 내쉬면서 고개를 끄덕였다.

"그건 성하도 마찬가지시잖아요. 직접 위로해 주시면 더 좋을 텐데."

"……미안해서 그러지, 미안해서."

내가 중국에 진출할 생각이 없었다면 죽지 않았을 인원들이었다.

아무리 모른 척하고, 아무리 익숙해지려고 해도 이 순간이 참 쉽지 않다.

내가 내린 선택의 영수증을 받게 되는 순간.

다만, 이번에는 그 영수증이 누군가의 목숨이라는 게 더욱 아플 뿐이다.

내 말에 루나는 한숨을 푹 내쉬더니, 곧 손으로 탁자를 내려쳤다.

쿠웅.

"레벤톤 경."

라파르트 대주교가 루나의 돌발 행동을 질책했지만, 이번엔 루나도 물러서지 않았다.

"성하."

그녀는 짜증이 가득 담긴 목소리로 나를 불렀다.

"고향으로 돌아왔다고, 에덴에서의 기억도 다 내려 두신 거예요?"

"무슨 소리야?"

"정신 차리시라구요. 에덴에서는 잘만 사지로 몰아넣으시던 분이 왜 이렇게 감상적으로 변하셨을까?"

루나는 돌려서 말할 수 있는 것도 아프게 말하는 재주가
있다.

"이런 쓸데없는 고민 할 시간에 애들 장비나 좀 더 챙
겨 주세요. 아무도 성하 원망 안 하니까, 예?"

그녀는 나에게 잔뜩 짜증을 내뱉은 후, 집무실 밖으로 성
큼성큼 걸어 나갔다.

루나가 왜 저런 말을 나에게 했는지는 알고 있다.

이 자리가 원래 그런 자리다.

순간의 선택으로 누군가의 목숨을 짊어지게 되는 자리.

루나의 말대로 내가 지구로 돌아오면서 좀 바뀐 걸까?

굳이 루나의 말을 부정하고 싶지는 않았다. 사람은 원래
상황에 따라 바뀌는 존재거든.

"성하, 저 역시 레벤톤 경과 같은 생각입니다."

평소 같았으면 당장 루나를 따라 나가서 혼을 냈을 라파르
트 대주교조차 나를 바라보며 말했다.

"그 누구도 성하를 탓하지 않습니다."

"알죠, 아는데……."

"그거면 된 거 아니겠습니까."

"……다들 참 사람 할 말 없게 만든다니까."

다들 목숨을 내걸고 하는 일들인데, 이제 와서 내가 약한
척을 하면 안 되겠지.

아무래도 내가 애지중지 키워 낸 우리 교단의 첫 교육생 중에서 사망자가 나오는 바람에 예민해진 것 같다.

전쟁이란 게 참 그렇다.

육체적으로나 정신적으로나, 휘말린 사람들을 극한까지 몰고 간다.

나는 한숨을 푹 내쉰 다음, 레오를 바라보면서 말했다.

"나가서 루나 데려……."

내가 레오에게 이야기를 내뱉는 그 순간.

"성하!"

방금 전에 집무실을 나섰던 루나가 핸드폰을 든 채로 집무실 안으로 되돌아왔다.

"안 그래도 내가 할 이야기가……."

"아니, 이것 좀 보세요, 이거!"

루나는 내 얼굴 앞에 핸드폰을 들이밀었다.

나는 그 핸드폰을 손으로 낚아채면서 투덜거렸다.

"뭔데 호들갑은……."

"빨리 뉴스 기사들 좀 보세요."

"음."

루나의 스마트폰 위에 떠올라 있는 기사들.

기사들은 온통 '속보'라는 빨간색 단어로 도배되어 있었는데, 그들이 공통적으로 가리키는 것은 한 가지였다.

《(속보) 베이징, 본 드래곤으로 추정되는 비행형 마수들로부터 공격받는 중!》

〈피해 규모 측정 불가〉

〈상해 수복 이후 벌어진 최악의 참사?〉

《(사진) 불타오르고 있는 자금성》

나는 눈살을 찌푸리면서 그 기사들을 읽어 내려갔다.

전장으로 다시 되돌아갈 시간이었다.

우리 교황님 좀
말려주세요

삼파전

북경이 완전히 무너지진 않았다.

북경의 수호신이라고 불리는 순리를 비롯하여, 중국 정부가 보유한 핵심 각성자들이 전부 북경을 지키고 있었던 덕분이다.

하지만 그렇다고 해서 피해가 아예 없었던 건 아니다.

〈사상자 추정 불가〉

〈수도로서의 기능 사실상 무력화〉

전 세계의 언론들이 일제히 보도하는 것처럼, 중국 정부는 결코 무시할 수 없는 피해를 입었다.

애매한 상태로 지속되고 있던 내전.

내전 중에도 북경이 공격받는 경우는 없었으나, 이번에 본 드래곤 두 마리를 포함한 비행형 마수들의 습격으로 인해 중국 정부는 큰 피해를 입었다.

전문가들은 '균형이 무너졌다'라고 표현하고 있는 상황.

그래도 중국 정부는 이번에도 살아남았다.

특이한 점이라고 한다면, 이번 북경 방어전에서는 그동안 전면으로 나서지 않았던 단체가 직접 나섰다.

〈북경을 구해 낸 백명교〉

〈중국 외교부 대변인, '백명교의 도움에 깊은 감사의 말씀을 드린다. 그들은 종교인이기 전에 중국을 도와준 은인.'〉

바로 백명교.

대한민국에서는 자취를 감추었던 그놈들이다.

지난번에는 상해에 대교구장이라는 놈이 직접 찾아오더니만, 무슨 바람이 불었는지 전면에 나섰다.

백명교 녀석들 역시 신성력을 사용하는 만큼, 마기 사용자들을 효과적으로 제압할 수가 있었을 것이다.

백명교가 전면에 등장하면서 대륙의 세력 판도가 요동치기 시작했다.

동북, 화북 지역은 여전히 중국 정부와 백명교 쪽으로.

그리고 상하이를 비롯한 화동 지역은 우리 교단 쪽으로.

나머지 도시들은 정화자들과 반란군 쪽으로.

단순히 종교적으로만 나뉜 것이 아니라, 정치적으로도 분할되어 버렸다.

내가 그토록 기대했던 여러 개의 중국이 반쯤 성공했다.

난세 속에서 세력이 나뉘게 된다면 혼란만 가중될 뿐이니까.

게다가 문제는 중국뿐만이 아니었다.

"아니, 그러니까 왜 하필이면 대한민국에서 치료를 받으려고 하냐고."

"그것은 시우, 네가 이곳에 있으니까. 먼 옛날 허준이라는 명의가 있었다지? 나에게 있어서 허준은 시우, 바로 너다."

"미국이 각성자 치료는 세계 최고인데 왜 짜증 나게 여기에서……."

"치료를 어디서 받을지는 환자 마음 아닌가?"

어느덧 무더워지는 날.

꽃들로 가득한 우리 교단의 정원 한복판에는 덩그러니 환자 침대가 놓여 있었다.

그 위에서 웃통을 벗은 채로 링거를 맞고 있는 야만인 한 명.

지구를 대표하는 야만 전사, 에이든 하워드 되시겠다.

나는 침대 위에서 큰 소리를 내며 웃는 에이든을 향해서 한숨을 푹 내쉬었다.

에이든이 이곳에 도착한 건 바로 오늘 아침.

내가 대한민국 정부와 회의를 끝내고 상해로 막 돌아가려던 때, 갑자기 미군 헬기를 타고 신전 옆에 착륙하더라.

미군 다섯 명이 조심스럽게 에이든이 누운 침대를 내 앞으로 끌고 왔는데, 에이든의 첫마디는 바로 이거였다.

–보고 싶었다.

누가 들으면 마치 헤어진 옛 연인인 듯, 아련한 목소리로 나에게 말을 건넨 에이든.

참고로 에이든의 침대 옆에는 작은 상자 하나가 있었는데, 그 상자의 내용물을 보고 살짝 화가 치밀어 올랐었다.

상자 안에 담겨 있던 건 다름 아니라 에이든의 오른발이었다.

다리에 달려 있는 발, 걸어 다닐 때 사용하는 그 발 맞다.

도대체 뭐 하다가 잘라 먹었는지는 몰라도, 뻔뻔한 표정으로 나에게 붙여 달라고 부탁하더라.

그래서 어떻게 해 줬냐고?

"역시, 붙이는 건 시우 네가 최고야. 예전에 에덴에서는 네 팔을 스스로 붙였다지? 아마 지구의 의사들도 그 정도의 접합 수술은 집도해 본 적 없을 거다."

"붙이는 것 말고 접는 것도 잘해."

"그렇다면 나를 위해 종이학을 접어 주는 건 어떤가?"

"그냥 네 목을 접어 버리는 게 빠를 것 같기도."

"유감이군."

당연히 붙여 줬다.

미국 의료진에게도 접합 기술이 있었지만, 에이든은 구태여 나에게 접합을 맡기고 싶다고 주장했다더라.

후유증이 안 남을 거라나 뭐라나?

물론 결과적으로 보았을 때 에이든의 선택은 탁월했다.

절단된 부위가 워낙 깔끔한 상태기도 했고, 미국에서 미리 조치를 취해 뒀는지 절단 부위의 상태도 좋았다.

신성력으로 슬쩍 회복력을 높여 주니까 알아서 붙더라.

내 신성력이 대단하기보다는 에이든의 회복력이 괴물 같다고 표현하는 게 맞을 것이다.

"그나저나 라파엘, 그 미친 양반은 어디에 있지?"

에이든이 신전 주위를 둘러보면서 말했다.

서울 성지는 아주 조용했다.

성기사들의 장례가 끝난 후, 신전은 2주 동안 외부 손님을 받지 않기로 했기 때문이다.

그들을 추모하기 위해서였다.

"라파엘은 당연히 상해에 있어. 그 양반 바쁘다고."

"새로운 실험체를 직접 구할 수 있는 곳이라 그런가? 그 양반, 기뻐하는 모습이 눈에 훤해."

"그것도 그렇고, 게이트 현상을 연구하기도 편하다더라."

"땅 하나만큼은 더럽게 넓은 국가지."

"미국도 마찬가지 아니야?"

"대신 미국에는 네가 없다, 시우. 나도 마음만 같아서는 한국으로 귀화하고 싶은걸."

나는 한숨을 푹 내쉬었다.

그리고 에이든을 바라보면서 물었다.

"됐고, 대한민국으로 온 이유나 말해."

그러자 에이든이 시치미를 뗀다.

"말했잖아. 너한테 치료받고 싶었다고."

"솔직히 우리쯤 되면 발 한번 잘렸다고 해서 호들갑 떨 수준은 지나지 않았나? 네 재생력 생각해 보면 발도 새로 자라날 것 같더만."

"음, 티가 나나?"

"티가 나는 게 아니라, 네가 일부러 티를 내고 있네. 제발 온 이유를 물어봐 달라, 이렇게 얼굴에 써 있거든."

그러자 에이든은 환자 주제에 침대 밑에서 양주병을 꺼냈다.

그리고 병을 든 채로 나에게 물었다.

"성지에서 술을 마셔도 되는지에 대해서 묻고 싶은데…… 가능한가?"

"언제는 안 마신 것처럼 이야기한다? 천벌도 안 무서워하는 놈이. 그냥 평소 하던 대로 해."

"고맙다."

에이든은 양주를 벌컥벌컥 들이켰다. 그리고 고개를 끄덕이면서 말했다.

"내 발을 이렇게 만든 놈을 쫓으려고 온 거다."

"그럼 너보다 센 놈이잖아."

"그렇지 않지. 난 발을 잃었지만, 녀석은 다리를 잃었다. 내가 이긴 거야. 알겠어?"

반응 보니까 꽤 센 놈인 것 같은데.

환자가 술을 마시면 안 된다는 것은 만고불변의 진리였지만 대상이 에이든이니 논외다.

에이든은 다시 한번 술을 들이켜더니, 눈살을 찌푸리며 말했다.

"마테우스. 브라질의 이레귤러다. 브라질을 대표하는 이레귤러라지만…… 사실 그냥 마약 카르텔 보스나 마찬가지인 놈이지. 최근에 유니온에 합류한 정황이 파악되어 확인차 찾아갔더니, 대뜸 덤벼들더군."

에이든과 동등하게 싸울 정도라면 한가락 하는 놈이라고 볼 수 있겠다.

이쯤 되니 이세민과 에이든을 붙여 보고 싶은 생뚱맞은 호기심이 든다만…… 그건 일단 나중에 생각할 일이고.

나는 조용히 에이든의 말을 경청했다.

"그래서 화끈하게 붙어 줬다. 격전 끝에 마테우스는 도주했고, 우리는 곧바로 녀석을 추격했다. 놈은 마법사들까지 동원하면서 도망쳤지. 사전에 이미 퇴로를 확보해 뒀던 모양이다."

이쯤 되니 대강 상황이 보인다.

그 마테우스라는 놈을 쫓아서 여기까지 왔다면, 답은 하나다.

멍청이가 아니고서야 우리 교단의 눈이 곳곳에 배치되어 있는 대한민국이나 일본으로 도망쳤을 리는 없고.

그렇다면 남는 경우의수는 두 가지.

러시아, 아니면 중국.

이번 경우에는…….

"정화자 놈들이랑 동맹 관계라더니, 도망도 도와주고. 꽤 우애가 깊은 놈들인가 봐?"

중국 쪽이 가능성이 높겠군.

그리고 내 직감은 정확하게 들어맞았다.

"그렇지. 녀석의 마지막 행적이 시안으로 확인되었다."

"이세민이 한번 뒤엎은 곳인데 말이야."

"본국에서도 중국 대륙에 본격적으로 개입하는 것을 원하고 있다. 유럽 쪽의 상황은 생각보다 괜찮아. 유니온의 거점들이 하나둘씩 붕괴되고 있고, 제3세계의 거점들도 마찬가지다. 쉽게 말해서."

에이든은 남아 있던 술을 모두 들이켠 다음, 이를 부드득 갈면서 말했다.

"중국만 해결하면 이 지랄맞은 전쟁도 끝이라는 거지."

"중국 정부에서 가만히 있을까?"

내 단도직입적인 질문에 에이든이 뻔뻔한 표정으로 말했다.

"친구 됐다가 어디다가 쓰겠어? 대한민국과 일본의 길드들이 용병으로 이미 상해에 진출했잖냐? 그 방법 좀 쓰자."

이럴 줄 알았다.

이 야만 전사의 탈을 쓴 능구렁이가 아무런 이유 없이 왔을 리가 없지.

"그건 평범한 헌터에 해당하는 일이고. 라파엘만으로도 빠듯한데, 이레귤러를 추가 투입하겠다고 하면……."

"아, 혹시 몰라서 넉넉하게 물자를 챙겨 왔다. 리멘 교단의 재정에 도움이 될까 하는 마음으로……."

이런.

돈이면 다 해결되는 줄 알아?

저런 썩어 빠진 마인드를 고쳐 줘야만 한다.

나는 녀석의 침대를 주먹으로 후려친 다음, 이글거리는 눈빛과 함께 말했다.

"어서 오세요, 고객님. 마침 야만 전사가 필요하던 참인데, 잘 오셨습니다."

전력 보충에다가 물자까지?

이런 손님이라면 언제든 환영이라고.

그렇게 해서 상해 성지에 처치 곤란 이레귤러가 한 명 더 추가되었다.

⁂

에이든의 합류가 공식적으로 확정되었다.

중국 정부에서는 당연히 싫어했다.

하지만 싫어하기만 할 뿐, 막지는 못했다. 북경을 비롯하여 주요 도시 쪽에 대대적인 공습이 시작되었거든.

"……그리하여 에이든은 5시간 뒤 비행기 편으로 홍차오 공항에 도착하게 되겠습니다. 질문 있으신 분?"

"없습니다."

"이거 완전히 미친놈들 소굴이 되겠어요."

"그 미친놈들 사이에 루나, 너도 포함되어 있다는 건 알고 있지?"

"저는 미친놈이 아니라 미친녀……"

"그만, 거기까지."

"넵."

에이든이 상해에 합류한다고 하니 동료들의 분위기가 제

법 좋다.

에이든은 이미 증명된 전력.

핵폭탄급 전력이 하나 더 추가된다고 하니, 전선에 몸을 담고 있는 사람들에게는 당연히 환영할 만한 일일 것이다.

"에이든이 도착하게 되면 본격적으로 상해 주위로 영역을 확장할 겁니다."

터를 다지는 작업은 대충 끝났다.

다음 단계는 우리의 영향력을 주변으로 뻗어 나가는 것이다.

이단심문관들을 통해서 들어오는 정보와 중요 전략 자산들을 통해서 들어오는 정보를 취합해 봤을 때, 전력을 전개해 나갈 방향은 이미 정해져 있었다.

"내륙에 숨어 있는 놈들을 끄집어내야만 합니다."

중국의 내륙 지방.

우리의 목표는 바로 그쪽이었다.

"진짜 이 땅은 쓰잘데기없이 커 가지고. 안 그래요, 성하?"

루나는 작전 지도를 살피면서 한숨을 푹 내쉬었다.

땅이 확실히 크긴 크다.

처리해야 할 곳도 많았고, 위험 지대로 분류되는 곳도 많았다.

여러 가지 변수가 곳곳에 포진해 있는 땅.

루나는 펜을 들어 현재 우리의 영향력 아래에 있는 땅과 백명교의 지원을 받고 있는 중국 정부 영향력 아래에 있는 땅을 구분했다.

그렇게 놓고 보니 딱 내가 어렸을 때 읽었던 삼국지 같은 모양새였다.

"신삼분지계…… 뭐 그런 건가?"

중국 대륙에서 벌어지는 삼파전.

일단 정화자가 두 세력에 두들겨 맞는 모양새였지만, 이 구도가 언제까지 지속될 것이란 보장이 없었다.

백명교 저놈들이 아무런 꿍꿍이 없이 움직일 리 없으니까.

지금은 정화자에 대적하는 척을 한들, 저 녀석들은 결국 고대 신들을 추종하는 녀석들이다.

중국 정부는 달콤한 독을 스스로 마신 셈이다.

나는 그 지도를 바라보면서 고개를 가로저었다.

"보는 것만으로도 어지럽네. 안 그러냐?"

그러자 뒤에서 가만히 지도를 지켜보고 있던 최 대표가 대신 답했다.

"한반도에서 이런 그림이 안 나온 게 얼마나 다행인지 모르겠습니다. 한국인으로서는 그저 다행이라는 생각밖에는……."

"그렇긴 합니다만은."

저 불을 이번 기회에 진화하지 못한다면, 한반도까지 잡아

우리 교황님 좀
말려 주세요

먹히는 건 순식간일 터였다.

"레오야."

"예, 성하."

"우리 병력 다시 한번 정비시키고, 우리 교단 휘하의 용병들에게 슬슬 준비하라고 전달해라."

"알겠습니다."

나는 그렇게 말하며 다시 지도를 살폈다.

위험 지대를 의미하는 검은색의 영역.

저것은 정화자가 이 땅 위에 흩뿌린 죽음이었다.

저 죽음에 대한 대가를 반드시 받아 내고야 말 것이다.

반드시.

꙳

에이든이 상해에 도착했다.

"잘들 있었습니까, 내 사랑스러운 전우들?"

이곳은 홍차우 국제공항.

에이든은 미국 수송기를 통해서 중국에 도착했다.

중국 땅 위에 미군의 비행기가 다니는 게 참 어색한 모습이긴 했는데, 그 안에서 걸어 나온 에이든의 복장 역시 참으로 어색했다.

중국 무협 영화에서나 나올 법한 검은색 도복을 입은 야만인.

도복이 얼마나 꽉 끼는지, 도복 위로 갑옷이나 다름없는 근육이 드러난다.

서울 신전에서 침대에 누워 있던 것 역시 환자 코스프레였던 게 틀림없었다.

저 당당한 발걸음 좀 봐라. 불과 며칠 전까지 발이 잘렸던 놈이라고 믿기 힘든 수준이었다.

"발 잘린 거 맞아요? 너무 쌩쌩해 보이는데."

루나는 내 귀에 조용히 속삭였고, 나는 고개를 끄덕거렸다.

"저놈이 언제 상식을 따지는 걸 봤냐?"

"그렇긴 하죠. 그런 점에서 참 성하 친구다워요."

"친구 아니거든?"

"한국인들은 꼭 제일 친한 친구를 두고 그렇게 말하더라."

루나 이 녀석, 이제 사실상 한국인으로서 사고하고 있는걸. 나는 가볍게 미간을 찌푸렸다.

그리고 내 동료들과 함께 녀석에게로 다가갔다.

에이든이 가장 먼저 알은척을 한 건 라파엘이었다.

"라파엘, 잘 지냈습니까?"

"에이든 군, 못 본 사이에 퍽 늙었습니다."

"그러는 라파엘이야말로 머리숱이 휑하군요. 진보된 기술로도 탈모는 극복할 수 없습니까?"

"혓바닥이 여전한 걸 보니 다행입니다."

기분 좋게 덕담을 주고받는 둘.

에이든은 라파엘과 인사를 간단하게 끝낸 다음, 곧바로 이세민을 바라보았다.

그러더니 대뜸 손을 건네면서 말했다.

"귀하가 중국의 서열 1위, 이세민. 맞습니까? 발음 참 어렵군요."

이세민은 자신이 입고 있던 바지에 가볍게 손을 털었다. 그리고 에이든이 건넨 손을 잡았다.

"처음 뵙겠습니다, 에이든 님."

에이든은 씨익 입꼬리를 올린다. 그리고 눈을 사납게 빛냈다.

먹잇감을 앞에 둔 야수의 눈빛.

일반인이었으면 기절하고도 남았을 중압감이었지만, 이세민은 가볍게 에이든의 존재감을 흘려 버린다.

에이든은 그런 이세민을 흥미롭게 바라보았다.

에이든의 감각이라면 이세민의 힘을 대강 가늠할 수 있을 것이다.

일촉즉발의 긴장 상황.

그러나 그 긴장을 깬 건 다름 아닌 에이든이었다.

"우리 처음 보는 거 맞습니까?"

생뚱맞은 질문.

에이든의 질문에 이세민은 의미심장한 미소를 짓는다. 그리고 어깨를 으쓱였다.

"잘 모르겠습니다."

긍정도, 부정도 아님.

그건 대부분의 경우에 긍정을 의미한다.

둘이 서로 만난 적이 있었던가?

에이든은 재밌다는 듯이 큰 소리를 내어 웃었다. 그리고 만족스러워하는 목소리로 말했다.

"시간 나면 손이나 한번 섞읍시다. 강자를 보고는 그냥 지나칠 수는 없죠, 안 그렇습니까?"

"유부남 귀찮게 하지 말고 혼자 놀아, 혼자."

"섭섭하다, 시우. 나도 유부남이다."

"그래서, 지금도 유부남이야?"

내 말에 에이든은 숙연한 표정을 지었다. 그리고 손으로 자신의 가슴을 두드리면서 말했다.

"나는 아내를 내 가슴속에 묻어 두었다. 영원히 함께할 것이다."

······저렇게 말하니까 진짜 내가 순 나쁜 놈이 된 것 같잖아.

하여간에 그렇게 에이든과 내 동료들의 만남이 이루어졌고, 우리는 곧바로 에이든과 함께 이동을 시작했다.

환영 파티를 열어 주고 말고 할 겨를이 없었다.

왜냐하면 오늘 아침, 이은택 씨가 아주 쓸 만한 첩보를 물어 왔기 때문이다.

상해 근방에 위치한 정화자의 거점을 찾아냈다고 한다.

지금 이 시간에도 성지의 지하에서는 이단심문관들의 비밀스러운 심문이 진행 중이었고, 이은택 씨의 심문 기술은 레오까지 인정해 줄 정도.

이은택 씨가 직접 조사를 하고 싶어 했으나, 그 요청은 우리 선에서 거절했다.

그가 빠른 속도로 강해지고 있는 건 맞지만, 아직 간부급은 아니다.

언젠가는 도달할 수는 있겠으나, 지금은 이렇게 정보 수집에만 열중해 주었으면 싶다.

"파악된 주요 거점은 총 다섯 곳. 가장 가까운 핵심 거점은 난징이야. 오늘부터 본격적으로 길을 뚫는다."

상해가 안정권에 들어섰다.

복구 작업에 필요한 최소한의 인원들을 내버려 둔 채로 영향력을 확대해 나가야 했다.

우리의 역할은 선발대로서 길을 뚫는 것이다.

나, 라파엘, 에이든, 이세민, 레오와 루나, 최 대표.

이렇게 다섯 조로 나뉘어서 단번에 밀어붙일 생각이었다.

적에게 숨을 돌릴 틈조차 허락하지 않는 것이 이번 작전의 핵심이다.

그래서 따로 작전명도 붙여 두지 않았다.

그냥 '휩쓸기' 정도.

"길을 뚫는 과정에서 생존자들을 발견하게 되면 곧바로 본부 측에 병력을 요청하십쇼. 생존자들을 끌어모으는 것도 이번 작전의 주된 역할이니까요. 질문 있으신 분?"

그러자 손을 들어 올리는 최 대표.

최 대표는 나를 바라보면서 물었다.

"저희 쪽은 따로 병력을 동원하겠습니다. 셋으로는 좀 빠듯하지 싶습니다."

"허가합니다. 리멘 교단의 병력과 용병들을 넉넉하게 데려가세요."

우리 교단의 병력은 그 어느 때보다 날이 서 있었다.

두 명의 동료를 잃은 후, 동기부여가 확실히 된 상황이라고 해야 할까?

현재, 상해 성지로 토비가 직접 넘어와서 장비들을 수선 중이다.

"중국 정부에서도 백명교와 함께 난징으로 남하 중입니다. 위치는 우리가 더 가깝습니다."

그러자 에이든이 고개를 끄덕였다.

"미식축구를 하는 기분이야. 우리가 먼저 터치다운을 하면 되는 거잖아?"

"그렇지."

"미국산 원자폭탄 둘, 한국산 하나, 그리고 중국산 하나. 자칫하면 대륙이 통째로 지워지겠어."

"이레귤러들한테도 따로 병력을 붙여 줄 수 있으니까 필요하신 분은 말씀하세요."

내 말에 이세민, 라파엘, 에이든, 아무도 대답하지 않았다.

그래, 일인 군단이나 다름 없는 사람들에게 병력을 붙여 주는 건 짐이나 다름없지.

작전명 '마구 휩쓸기'.

난징을 향한 분노의 질주가 시작되었다.

❧

상해에서 그리 멀리 떨어지지 않은 장소.

건물의 폐허 밑에 자리 잡은 정화자의 지하 제단.

"대장, 저 버러지 같은 놈들은 언제 처리합니까?"

"기다려. 상부에서 아직 지시가 안 왔으니까."

"이미 상해가 초토화된 거 아닙니까? 어차피 상부 새끼들은 우리를 버린 건데, 이참에 그냥 여기 싹 다 청소하고 튑시다. 동남아 쪽으로 가면 아직 뜯어먹을 게 많습니다."

항저우의 제단 관리자 왕강은 입술을 물어뜯으면서 부하를 바라보았다.

상해에 위치한 제단들과 연락이 끊긴 지는 한참 되었다.

원래는 정화자의 본진이나 다름없었던 상해.

하지만 이제 그곳은 고스란히 리멘 교단의 손에 넘어가게 되었다.

왕강은 도저히 상부의 판단을 이해할 수 없었다.

리멘 교단이 상해라는 도시에 머무르고 있을 때, 모든 전력을 상해에다가 집중했으면 리멘 교단에도 큰 타격을 입힐 수 있었을 것이다.

그런데 어째서 상부는 상해가 아닌 북경을 공략한 것일까?

"대장, 이제 마기도 너무 부족합니다. 이럴 바에는 그냥 저 제물들을 우리가 흡수하는 쪽이 낫지 않겠어요?"

"그러다가 상부에서 알아차리기라도 하면?"

"2주째 연락도 없어요. 우리를 버린 거라구요."

폭력 조직 때부터 그의 오른팔 역할을 해 왔던 그의 부하, 뤼 이첸이 짜증을 애써 죽이면서 그에게 호소했다.

하지만 왕강은 쉽사리 결단을 내릴 수가 없었다.

한낮 동네 폭력 조직에 불과했던 왕강과 그의 조직은 정화자의 후원 덕분에 1년 만에 한 지역을 먹어 버릴 정도로 성장했다.

하는 일도 달라지지 않았다.

불법적인 일.

사람을 납치하거나, 약을 유통하거나.

각성자가 되지 못한 그의 조직원들은 정화자가 건네준 '약'

덕분에 각성자가 될 수 있었고, 그 덕분에 그들은 이 일대의 악몽이 될 수 있었다.

상부의 간섭도 비교적 적었다.

그들이 바랐던 것은 지속적으로 인간을 잡아 와 제단에 바치는 것뿐.

"김시우가 이곳에 오기라도 한다면…… 우린 다 죽은 목숨입니다, 대장."

"그 허여멀건 새끼가 할 일이 없어서 이곳에 오겠어? 상해를 집어삼키기도 바쁜 새낄 텐데. 이첸, 입 닥치고 상부에 계속 연락이나 넣어."

왕강은 부하를 향해 목소리를 낮게 내리깔았다.

정화자로부터 도망치자고?

그건 저 녀석이 그들을 잘 몰라서 하는 소리다.

왕강은 이곳에서 도망치는 순간, 그들이 죽을 때까지 쫓아올 것이란 걸 잘 알고 있었다.

─제사장에게는 환상과도 같은 쾌락이 허락되겠지만, 그에 따른 책임도 주어집니다. 왕강, 항상 명심하세요.

왕강은 언젠가 만났던 정화자의 주인을 떠올렸다.

눈보다 더 흰 피부의 사내.

그 사내는 왕강과 그의 조직원들에게 직접 마기의 세례를 내려 주었다.

인간 같지도 않은 사내로부터 과연 그들이 도망칠 수 있을까.

게다가 그의 곁에는 마왕이라고 불리는 괴물들이 자리 잡고 있었다.

그 괴물 중 한 명이라도 파견된다면?

그들로서는 도저히 저항할 수 없었다.

"다른 제단들과는 연락이 되나?"

왕강은 침착한 목소리로 부하들에게 물었다.

도망치는 건 불가능했다.

그들이 마기를 받아들인 순간부터, 그들의 운명은 정화자라는 집단에 결속되었다.

지금까지 그들이 누렸던 모든 쾌락.

어쩌면 지금 그 쾌락에 대한 영수증을 받고 있는 것일지도 모른다.

"연락이 안 됩니다."

"모두 통신 두절입니다."

"무언가 통신망을 방해하고 있는 것 같습니다."

다른 제단과 연결되어 있는 수정구는 감감무소식이었다.

왕강은 눈살을 찌푸리면서 손톱을 물어뜯었다.

마기로 인한 통신을 차단할 수 있는 존재들은 몇 되지 않는다.

'정말로 김시우가 이 근방까지 진출한 건가?'

상해를 순식간에 정리해 버린 괴물.

그가 있는 항저우와 상해는 그리 멀리 떨어진 도시가 아니다.

충분히 김시우의 활동 영역에 들어설 수 있는 거리였다.

'도망치는 건 불가능하지만…… 적당히 싸우는 티를 내고 도망친다면, 그래도 할 말은 있겠지.'

상부에서 이렇게까지 연락이 없다면 가정할 수 있는 경우가 한 가지 있다.

수뇌부가 항저우를 포기했다는 것.

이렇게 된 이상, 적당히 항전하는 시늉만 하고 이탈하는 것이 현명했다.

왕강이 오랜 세월 동안 비열한 거리에서 살아남을 수 있도록 도와주었던 본능이 그렇게 속삭이고 있었다.

"좋아."

마침내 판단을 내린 그는 자신의 부하들을 향해 물었다.

"남은 제물들이 총 몇 명이지?"

"밖의 수용소까지 합치면 한 십만 명은 넘깁니다. 전염병이 돌고 있어서 꽤 많이 죽긴 했습니다."

"지금 당장 연락 넣어라. 남아 있는 제물들을 싸그리 제단에 바친다. 그리고 제단에서 흘러나오는 마기를 우리가 흡수하고, 최대한 빠르게 항저우에서 **빠져나가자**."

〈제단〉은 〈제물〉들을 마기로 바꾸는 힘을 지니고 있다.

상부의 지원이 끊긴 이상, 일단은 각자도생이었다.

왕강의 지시에 부하들이 일제히 고개를 숙였고, 그들은 곧바로 수용소 쪽으로 연락을 넣었다.

하지만 잠시 후.

"대장님."

"왜?"

"모든 수용소와 연락이 끊겼습니다."

"……뭐?"

수용소는 제단의 바로 위, 그러니까 지상에 위치해 있었다.

유선으로 통신이 연결되어 있어서 선이 끊기지 않는 이상, 연락이 안 될 리가 없었다.

"선이 끊긴 건 아니야?"

"아닙니다. 신호는 가는데……."

"이 새끼들이 딴짓하고 있는 거 아니야? 당장 사람을 보내서 제물들 밑으로 내려보내~."

그때였다.

콰아아아아아아아앙~!

왕강은 자신의 앞에 순식간에 벌어진 일들을 바라보며 눈을 부릅뜰 수밖에 없었다.

이곳은 족히 지하 300m는 넘는 곳에 설치된 제단이었다.

"하, X발. 깊은 곳에도 파 뒀다. 이 두더지 새끼들."

우리 교황님좀
말려주세요

그런데 천장을 뚫고 단번에 진입한 저 남자는 도대체 무어란 말인가?

등장뿐만이 아니었다.

남자는 가볍게 손가락을 튕기면서 사방의 모든 것을 불태워 버린다.

"끄아아아아!"

"끄…… 끄아아악!"

남자의 손에서 피어오른 불길이 왕강의 부하들을 산 채로 불태우기 시작한다.

왕강은 저 남자가 누군지 단번에 깨달을 수 있었다.

"김시우……."

검은색 사제복.

하얀색 불길.

그 모든 것이 저 남자가 김시우라는 것을 증명하고 있었다.

김시우는 미소를 띠며 왕강에게로 다가왔다.

"네가 이곳의 제사장인가 봐. 그래도 제사장이니까 밖의 놈들보단 아는 게 많겠지?"

화르르르륵─!

왕강의 발밑에서도 불길이 치솟았다. 그리고 그 불길은 순식간에 왕강을 집어삼켰다.

"끄아아아아아아아악!"

온몸의 살과 뼈가 불타오르는 고통에 왕강은 그저 비명을 내지를 수밖에 없었다.

김시우는 왕강의 바로 앞까지 도착했다.

그리고 곧 온몸에 불이 붙은 왕강의 멱살을 잡아 들어 올렸다.

"어차피 네가 악인인 이상 너를 죽이고 기억을 들여다보면 돼. 하지만 나는 그 더러운 기억들을 굳이 보고 싶지는 않거든. 그러니까 선택지를 줄게."

"말씀…… 말씀하십……시오."

"한참 동안 이렇게 불타오르고 죽든가, 아니면 네가 알고 있는 모든 정보를 나에게 알려 주고 고통에서 해방되든가. 둘 중 하나야. 순순히 협조하면 더 이상 안 아프게 해 줄게. 약속한다."

김시우가 비릿하게 웃으며 말했다.

                        ❧

죄를 지은 자는 응당한 벌을 받아야 한다.

죄를 짓고도 아무런 벌을 받지 않는다면, 그 죄인은 끝없이 범죄를 이어 나간다.

갱생? 나쁜 짓을 벌이면서 살아온 놈들은 절대로 스스로 갱생할 수 없다.

어떤 계기가 없다면, 그들은 계속해서 악의 인생을 살아갈 뿐이다.

바로 이놈처럼.

"대륙의 스케일이 확실히 어마어마하긴 해. 인신매매, 장기 매매, 인신 공양."

나는 산 채로 통구이가 되어 가는 버러지를 내려다보면서 인상을 찌푸렸다. 셀 수 없이 많은 악행이 이 녀석의 머리 위에 떠올라 있었다.

당장 죽여도 시원찮은 놈. 이 녀석에 의해 억울하게 희생당한 피해자들의 영혼이 눈앞에 아른거리는 것만 같다.

"끄아아아아아악!"

녀석의 온몸에 붙은 성화가 끊임없이 녀석의 몸을 갉아 들어간다.

마기의 세례를 받아들인 놈에게 있어서 성화는 그 자체가 극독이다.

마왕조차 겨우 버티는 수준인데 하수인에 불과한 놈이 버틸 재간이 있을까?

그래서 아주 세밀하게 불 조절 중이다.

셰프들이 와서 내 불 조절을 구경한다면, 분명히 감탄사를 내뱉을 것이다.

불 조절이 핵심이다.

적당히 고통만 줄 수 있는 수준의 불 조절.

"말씀드리겠습니다. 전부, 전부 말씀드리겠습니다."

제사장이라는 직위는 딱 봐도 이 제단을 총괄하는 직위임에 틀림없었다.

그래서 개인적으로는 자존심이 있기를 바랐다.

그래야 무너뜨릴 때 파급력이 더 심하니까.

하지만 이놈은 원래부터 저급한 인간이었던 탓인지, 자존심이라고는 없었다.

"저는 이 항저우 제단의 제사장 왕강입니다. 저희 제단뿐만 아니라 다른 제단의 위치도 대강 파악하고 있습니다. 전부…… 전부 알려 드리겠습니다."

불에 타들어 가는 고통은 인간이 느끼는 고통 중 가장 끔찍한 것에 속한다.

왕강의 입에서 이곳 주변의 제단에 관한 정보가 술술 흘러나온다.

그뿐만이 아니다. 정화자의 지휘 체계, 연락 수단 등등. 내가 굳이 물어보지 않은 것까지 상세하게 털어놓기 시작했다.

살기 위해서 뭐든지 하는 기회주의자.

나는 잠시 성화를 거둔 다음, 녀석이 내뱉는 말을 가만히 귀담아들었다.

이 녀석은 그동안 상부로부터 꽤 이쁨을 받았던 모양인지, 대한민국에 진출했었던 정화자들보다 더 많은 정보를 알고 있었다.

"현재, 저희의 본진은 내륙 깊숙한 곳으로……."

"내륙 어디?"

"그것은 저도 잘……."

화르르르륵-.

"끄아아아아아아악!"

다시 한번 불길이 녀석의 몸을 잡아먹는다.

곧바로 비명을 터뜨리는 왕강.

나는 왕강을 바라보면서 고개를 끄덕였다.

"역시, 제사장은 제사장이야. 본진에 대한 정보는 쉽게 말해 줄 수 없다 이거지?"

"끄아아아악! 끄아아아아악! 진짜…… 끄으으윽. 진짜 모릅니다."

"제대로 불어."

"정말…… 정말…… 끄아아아아악!"

성화의 세기를 더더욱 높인다.

영혼까지 태워 버리는 끔찍한 고통이 녀석의 전신에 퍼져 나간다.

그 고통 속에서 왕강은 몇 번이고 혼절하려고 했다.

하지만 나는 녀석이 혼절하는 것을 허락하지 않았다.

강제적으로 녀석의 목숨을 붙여 둔다. 녀석의 몸에 깃들어 있는 마기를 잠시 몰아낸 다음, 계속해서 세포를 재생시켰다.

녀석은 내 허락 없이는 죽을 수조차 없었다.

그야말로 억겁의 고통.

계속해서 이어지는 그 고통 속에서 왕강은 처절한 목소리로 울부짖었다.

"정말 모릅니다. 흐흑흑. 끄으으으윽. 정말 모릅니다…… 정말입니다."

"제대로 불라니까?"

"한 번만 용서해 주십시오. 한 번만…… 제가 감히 힘에 눈이 멀어 그동안…… 끄르르륵."

왕강의 입에서 검은색 피가 흘러나왔다.

성화에 의해 장기가 녹아내리면서 일어나는 현상이었다.

녀석은 그런 상황에서도 쉴 새 없이 정보를 뱉어 냈다.

제물, 그러니까 희생자들을 어떤 식으로 잡아 왔는지. 여태까지 얼마나 많은 제물을 바쳤는지.

그리고 가장 최근 이곳에 방문했던 상관이 누구였는지.

굳이 내가 묻지 않은 것까지 상세하게 털어놓는다.

그것은 차라리 집념에 가까운 모양새였다. 살기 위해서 알고 있는 것을 모두 털어놓는, 그야말로 생존하기 위한 발악.

나는 슈트에 내장되어 있던 녹음 기능을 통해 그 모든 이야기를 녹취했다.

꽤 쓸 만한 정보였다.

상해에서 심문했던 놈들이 내뱉었던 정보보다 훨씬 양질의 정보.

그렇게 한 30분을 내리 알고 있는 것들을 털어놓은 양강이 눈물을 흘리면서 나를 쳐다보았다.

"끄으으윽…… 다 말씀드렸습니다. 그러니 제발……."

"마지막으로 이곳에 찾아왔던 놈이 분노의 마왕이었다, 확실해?"

"맹세코 그분이 맞습니다. 분노의 마기…… 새로운 화신체를 얻으셨고, 이곳에서 마기를 보충하고 가셨습니다……."

이 녀석은 본진이 계속해서 내륙 쪽으로 이동하는 중이라고 했다.

정확한 위치를 파악할 수 없는 속도로 말이다.

정화자 놈들은 지금 무슨 생각을 하고 있는 걸까?

"수확은 괜찮네."

제사장을 생포하게 된 건 간만이다.

여태까지 우리가 파괴해 온 제단에는 제사장들이 없었다. 그 말인즉슨, 대부분의 제사장들은 이미 몸을 피했다는 뜻일 것이다.

이 멍청한 녀석은 끝까지 간을 보다가 내 손에 잡히게 된 것이고.

끝까지 줄타기를 하려다가 제대로 당한 셈이다.

"이제 저를 살려…… 주시는 겁니까?"

왕강은 바닥에 무릎을 꿇은 채로 나에게 고개를 조아렸다.

순순히 정보를 내뱉어 줬기 때문에 잠시 성화를 꺼 뒀다.

나는 녀석을 향해 여유롭게 다가갔다. 그리고 녀석의 앞에서 슬쩍 무릎을 굽히면서 말했다.

"내가 언제 살려 준다고 했어?"

내 말에 왕강이 다시 고개를 들었다. 그리고 떨리는 눈으로 나를 바라보았다.

"분명히 아까…… 더 이상 안 아프게 해 주신다고……."

"그게 왜 살려 준다는 소리야?"

아무래도 이 녀석이 뭔갈 오해하고 있었나 보다.

화르르륵-.

내 손끝에서 다시 한번 불꽃이 피어올랐다.

"더 이상 안 아프게 해 줄게."

"이건 약속과는 다르……."

"죽으면 더 이상 고통을 못 느끼잖아? 마음 같아서는 지하실로 끌고 가고 싶은데, 정보값 넉넉하게 넣었다. 사양하지 마."

"야 이 개새-."

파아아아앗!

순간, 어두운 제단 내부를 빛이 가득 메웠다.

그리고 잠시 후, 왕강의 비명 소리가 멎었다.

나는 왕강이 있던 자리를 다시 쳐다보았다.

"안 아프게 됐네. 복 받은 새끼."

그곳에는 검은색 재만 남아 있었다.

악인에게 어울리는 최후였다.

꙼

그날 저녁까지 해서, 항저우 일대에 위치해 있던 모든 정화자의 제단이 파괴되었다.

"그래서 내가 어, 그놈의 목을 뽑아 가지고, 다른 놈의 대가리를 후려……."

"저는 철퇴로 그냥 연속으로 딱. 아시죠?"

"후후, 루나 양이 아무리 활약했어도 나만큼은 아니었을 거야."

"에이든 군, 저는 녀석들이 숨어 있는 곳을 통째로 구워 버렸습니다. 아무리 에이든 군이라고 하더라도 대량 살상 능력은……."

그날의 모든 전투가 끝나고 다시 이곳은 상해에 위치한 우리 교단의 신전.

이곳에 모인 괴물들은 너 나 할 것 없이 자신들의 전공이 더 많다면서 뽐내고 있었다.

나는 그 한심한 꼴을 바라보면서 한숨을 푹 내쉬었다.

묵묵히 술을 마시고 있는 이세민을 제외하고서는 다 똑같은 놈들이다.

그래도 확실히 에이든의 합류 덕분에 탄력을 받았다.

에이든이 없이는 족히 2~3일은 걸렸을 일이 하루 만에 종료되었다.

"아직까지는 순조로워."

상해에 이어 항저우까지.

내륙으로 향하는 길은 안정적으로 개척되고 있었다.

병력 수급 문제도 크게 어려움이 없었다.

지금 이 순간에도 일확천금을 노리는 헌터들이 상해로 들어오고 있었기 때문이다.

"루나야, 진우 형제와 민수 형제는 언제 도착하기로 했지?"

"내일요. 설화도 같이 들어오기로 했어요."

"좋아."

대한민국, 일본, 더 나아가 다양한 국가의 헌터들까지.

상해를 돕고 싶다는 헌터들이 정말 셀 수 없이 많았다.

명목이야 상해를 돕는다는 거지만, 그들의 속내는 다른 것에 있다는 걸 알고 있었다.

하지만 크게 상관하지 않는다.

그들이 범죄를 저지르는 것만 아니라면, 굳이 욕심내는 걸 막을 필요까진 없었다.

그 정도의 동기부여는 눈감고 넘어가 줄 만했다.

"병력이 더 늘어나면 우리 선에서 관리가 힘들 수 있어. 최 대표님, 신경 좀 써 주세요."

"대한민국의 대형 길드들은 현재 군말 없이 지시에 따르고 있습니다. 그들은 저에게 맡기시면 됩니다. 다른 생각 못 하도록 잘 조율하겠습니다."

"역시, 우리 최 대표는 프로페셔널하다니까."

"에이든 형님만 하겠습니까?"

"흐하하하!"

"흐하하하!"

에이든과 최 대표는 동시에 호탕한 웃음을 터뜨렸다.

근육질의 사내 둘이 보여 주는 브로맨스.

……최악이다.

"어쨌거나 현재 정화자의 본대는 계속해서 서진을 하고 있다고 합니다. 분노의 마왕이 새로운 화신체로 부활한 것도 확인되었고, 앞으로 더욱 신중하게 움직여야 합니다."

지금까지 우리가 상대해 온 정화자 놈들은 빙산의 일각에 불과하다.

그놈들이 대대적인 반격 태세로 전환하게 되었을 때, 어떤 일이 벌어질지는 장담할 수 없었다.

"오늘 일정은 여기서 끝. 각자 푹 쉬신 다음, 내일 다시 모입시다."

긴 하루였다.

빡세게 일했으니, 적당한 휴식은 필수였다.

내 말을 들은 다른 이들이 천천히 자리에서 일어났다.

"회식이나 하지, 시우?"

"기 빨려. 말리지는 않을 테니까, 따로 하고 와."

"아쉽지만 어쩔 수 없지. 원래 리더는 외로운 자리야."

에이든은 고개를 몇 번 끄덕거린 다음, 집무실 안에 있던 다른 인원들을 데리고 빠르게 빠져 주었다.

녀석은 혼자서 술잔을 기울이고 있던 이세민 씨까지 끌고 가 버렸고, 결국 집무실 안에는 나 혼자만 남게 되었다.

나는 그제야 손에 끼고 있던 장갑을 벗었고, 손으로 얼굴을 쓸어내렸다.

그리고 아까 전부터 나를 기다리고 있던 귀여운 흰색 고양이에게 말했다.

"무슨 일이야?"

그러자 백설이가 내 책상 위로 뛰어올랐다.

"별일은 아니고, 주인을 만나고 싶다는 친구들이 좀 있어서."

"나를?"

"내 머리 위에 손을 좀 올려 볼래?"

그 말에 나는 순순히 손을 올렸다.

윤기가 흐르는 부드러운 털.

만지는 것만으로도 기분이 좋아진다. 그러나 그것도 잠시.

ㅡ이렇게 하면 되나?

ㅡ안녕, 교황!

곧 내 눈앞에 익숙한 생김새의 동물 두 마리가 모습을 드러냈다.

새하얗게 빛나는 동물 둘.

"베스, 루돌프."

그 둘은 우리 성지에 몸을 의탁한 영물, 베스와 루돌프였다.

"신목을 통해서 잠시 연결해 뒀어. 주인이 직접 서울로 가도 되지만…… 좀 피곤해 보여서. 얘네가 주인한테 할 말이 있대."

기특한 녀석.

나는 피식 웃으면서 고개를 끄덕였다. 그리고 베스와 루돌프를 향해 말했다.

"어쩐 일이야? 문제라도 생겼어?"

-문제가 생겼다.

-그것도 아주 큰 문제!

-교황, 너도 알고 있어야 할 듯해서.

영물들이 저렇게 말할 정도면 뭔가 잘못된 모양인데……
일단 이야기나 계속 들어 보자.

"무슨 일인데?"

내 질문에 베히모스가 큰 소리로 한숨을 내쉬었다. 그리고 눈동자를 빛내면서 답했다.

-우리의 동료 중 하나가 눈을 떴다.

"그거 잘된……."

-그리고 눈을 뜨자마자 소멸했다. 누군가 우리의 동료를 소

멸시키고 흡수했다. 동료가 소멸한 위치는…… 지금 교황이 있는 땅의 서쪽.

그 말을 듣자 퍼즐이 좀 풀린다.

저런 짓을 벌일 수 있는 세력은 그리 많지 않다. 기껏해야 백명교나 정화자, 그 둘 정도.

그 둘 중에서 서쪽에 있는 세력이라고 한다면, 원흉은 아마도 정화자일 것이다.

왕강으로부터 뽑아낸 정보에 따르면 정화자의 본대는 계속해서 서진을 거듭하고 있다고 했다.

아마 그것과 관련이 있는 게 아닐까?

-따라서 공식적으로 요청하겠다, 교황.

베히모스가 검은 소의 모습으로 변신한다.

그리고 곧 영기가 가득 담긴 목소리로 말했다.

-이것은 더 이상 인간들만의 전쟁이 아니다. 나와 내 동료들도 이번 전쟁에 참여할 것이다.

〈차원계: 지구〉가 새로운 분기점을 맞이합니다.
고대의 존재들이 본격적으로 모습을 드러냅니다.
〈격의 시대: 대혼란〉이 시작됩니다.

상황은 내가 조절할 수 없는 방향으로 치닫고 있었다.

대혼란

영물 둘의 움직임은 즉각적이었다.

백설이를 통해서 그 둘이 의지를 전한 지 고작 30분 뒤.

베히모스와 루돌프는 순식간에 상해에 도착했다.

루돌프는 이무기로 변신한 상태였고, 검은색 소가 그 위에 올라탄 모습.

이무기를 탄 흑우는 비주얼적으로 살짝 문제가 있었다.

어울리지 않는 모습이었달까?

중국인들 역시 용에 관심이 많은 민족답게 처음 루돌프가 등장했을 때 엄청난 관심을 보였다.

한국인들은 딱히 놀라진 않았다.

왜냐하면 루돌프는 이미 한국과 일본에서는 유명했기 때

문이다.

최근 우리 교단 미튜브에서 따로 독립한 채널이 하나 있는데, 그것은 바로 '백설이와 친구들'이라는 제목의 펫 미튜브였다.

주인공은 당연히 백설이.

조연으로는 페어리, 베히모스, 루돌프 되시겠다.

멤버에서 알 수 있듯이 귀여운 것들이 잔뜩 등장하는 미튜브였다.

─금방이군.

베스는 루돌프의 등에서 폴짝 뛰어내리면서 근엄하게 말했다.

스르르륵.

베스가 등에서 내리자마자 루돌프는 곧바로 사슴으로 변신했다.

그러더니 곧 나에게로 달려와서 머리를 비볐다.

"잘 지냈어, 교황?"

그러자 내 옆에 있던 백설이가 백호로 변신하더니, 곧 루돌프를 밀어 내면서 말했다.

"주인 옆자리는 내 거야. 넘보지 마."

"백설이도 안녕! 그런데 백설아, 피 냄새가 좀 많이 나네? 나쁜 놈들 슬쩍 했나 봐?"

"그럴 리가! 고양이용 샴푸로 깨끗하게 씻었는데?"

"고양이용 샴푸? 사슴용 샴푸는 따로 없으려나."

순식간에 동물 농장이 되어 버린 성지.

나는 그 모습을 바라보면서 씁쓸하게 미소를 지었다. 그래도 귀여운 것들이 모여 있으니 힐링이 되는 기분이다.

"그런데 너희가 이곳에 오면 시연이랑 인욱이, 할머니는 누가 지켜 주냐?"

지금 가장 걱정되는 게 저거였다.

내 가족들을 바로 옆에서 지켜 줬으면 해서 거기에 둔 녀석들인데, 이렇게 싸그리 상해로 오면 가족은 누가 지켜 줘?

비록 자현이가 대한민국에 남아 있기는 하다만, 자현이에게도 별도의 임무가 있다.

우리 가족들만 지켜 달라고 하기에는 무리가 있는 셈이다.

이런 내 질책에 루돌프가 시무룩한 표정으로 머리를 숙였다.

그러나 베스만큼은 당당한 발걸음으로 나에게 다가왔다.

"그 부분에 대해서는 전혀 걱정할 것 없다. 이미 사전에 전부 논의가 끝났기 때문이다."

"논의? 논의는 무슨 논의?"

"그것은……."

그때였다.

"오빠아!"

신전 안쪽에서부터 튀어나오는 한 귀여운 어린아이.

세상 귀여움 혼자 다 독차지한 것만 같은 그 아이는 당연히 내 사랑스러운 동생, 시연이었다.

시연이는 나에게 달려오더니 곧바로 내 품속에 쑥 하고 안겼다.

"나 왔어!"

"시연아, 여긴 어쩐……."

"오빠랑 함께 다른 사람들 도와주려고! 나만 온 거 아니야. 작은오빠랑 할머니도 같이 왔어!"

시연이의 말대로였다.

신전에서 곧 인욱이와 할머니가 걸어 나왔다.

그리고 그 옆에는 무뚝뚝한 표정의 라파르트 대주교도 함께 서 있었다.

저들이 어떻게 여기까지 왔는지 순간 머릿속이 맹해졌다.

하지만 나는 곧 우리 가족 전부가 리멘 교단의 신도라는 것을 깨달았다.

시연이는 선지자로 각성했으니 당연히 가능하고, 인욱이나 할머니는…… 신앙심이 있으니까 어떻게든 되지 않았을까?

"엣헴."

옆에서 백설이가 우쭐거리는 걸로 봐서는 백설이의 힘이 좀 가미된 것 같기도 하고.

아무튼.

머나먼 땅에서 우리 가족들의 얼굴을 보니 반갑기 그지없

우리 교황님 좀
말려주세요

었다.

나는 시연이를 안아 든 다음, 할머니와 인욱이에게로 걸어 갔다.

"집에서 편하게 있지. 여기 엄청 바쁜데."

그러자 인욱이가 소매를 걷으면서 말했다.

"요새 형도 중국 가고, 교단 식구들도 다 중국 가고. 미튜 브에 올릴 게 없다니까? 게다가 백설이, 베스, 루돌프도 다 이곳으로 온다고 하고…… 그래서 그냥 왔어."

인욱이도 가만 보면 워커홀릭이다.

보아하니 촬영 장비도 좀 챙겨 온 것 같은데…….

"민수 형네 촬영팀도 온대잖아. 이곳에서 컨텐츠 만들 수 있으면 만들 생각이야. 형 일도 좀 도우면서."

"고맙다. 할머니는……."

"라파르트 할아범도 이곳에 오고, 손주들도 이곳에 있겠 다는데 늙은이 혼자 거기서 뭐 해? 여기 와서 다른 사람들 밥이라도 좀 해 주고, 그러면 좋잖아."

항상 에너지가 넘치는 우리 할머니.

할머니는 주위를 둘러보면서 말했다.

"옛날에 왔던 상해와는 느낌이 사뭇 다르구나. 20년 전에 영감이랑 같이 왔었는데…… 끌."

전쟁에 휩싸인 도시.

이곳은 전혀 안전하지는 않다. 하지만 내 가족들에 대해서 불안감을 느끼긴 않는다.

이곳이 위험한 만큼.

"오! 시연!"

"에이든 아저씨!"

"시연 공주님이 오셨군요."

"라파엘 아저씨!"

"시연 님."

"앗! 세민 아저씨도 계셨네요!"

그 위험을 충분히 억제할 수 있는 수단이 많다.

한, 미, 중, 다양한 국적의 이레귤러들로부터 잔뜩 사랑받는 우리의 시연이.

어쩌면 시연이야말로 세상에서 제일 안전한 사람이 아닐까?

특히 세민 씨.

세민 씨는 한국에서 처음 시연이를 만난 이후로 시연이를 아주 살뜰하게 챙겨 주었다.

만날 기회가 있을 때마다 선물을 사다 주더라.

아마 이미 세상을 떠난 자신의 딸이 생각나서가 아닐까?

나는 시연이를 쓰다듬어 주는 세민 씨를 바라보면서 씁쓸하게 미소를 지었다. 그리고 나지막한 목소리로 말했다.

"세민 씨 가족들도 이곳으로 모셔 오는 게 어떻겠습니까?"

그러자 그가 천천히 고개를 가로저었다.

"대한민국 정부에서 최선을 다해서 보호해 주고 있습니다. 자현 씨에게도 신세를 많이 지고 있죠."

"그래요."

정부에서 그의 가족에게 안가를 내어 주었다는 이야기는 들었다.

리멘 교단의 서울 성지에서 그리 멀지 않은 곳.

유사시에 충분히 우리 쪽에서 도움을 줄 수 있는 거리였다.

어찌 되었든 그렇게 해서 시연이를 포함한 우리 가족 모두가 이곳에 도착했다.

그런데 뭔가 빠진 것 같은…….

"승우 오빠!"

"응!"

그때, 신전에서 승우까지 걸어 나왔다.

최근에 전투력을 비롯해서 치유 능력까지 부쩍이나 늘어난 우리의 첫 번째 선지자, 승우.

나는 나를 내팽개치고 곧바로 승우를 향해 달려가는 시연이를 바라보면서 씁쓸하게 웃었다.

이래서 딸자식 낳아 봤자……라고 하는 건가?

바로 승우한테 달려가서 웃는 시연이를 보고 있자니 뭔가 가슴 한쪽이 텅 빈 것 같은 기분이…….

"꼬마를 질투하는 거 보니 주인도 참…… 아니다. 아니야. 나

츄르나 줘."

요새 들어 이 녀석이 나를 아주 츄르 자판기 취급하고 있는 것 같은데, 내 착각일까?

❧

후발대로 도착한 우리 교단의 인력들은 곧바로 봉사를 시작했다.

승우는 자신의 치유 능력을 아낌없이 발휘하기 시작했고, 라파르트 대주교는 빠르게 조직을 시작했다.

서울 신전의 경영은 박지원 고문에게 전부 맡겨 뒀기 때문에 큰 걱정은 없었다. 그래도 승우가 명색이 우리 교단 최초, 최고의 선지자인데 이럴 때 활약을 해 줘야지.

지난번에 보았던 정부 소속 헌터 강주원인가? 그 친구도 빨리 교단에 데려와야 하는데 말이야.

선지자의 운명을 타고난 사람이니까, 하루라도 빨리 교단에 들어서 교육을 시작해야 하는데…… 아쉽게도 시간이 없다.

김 실장이랑 유선호 장관에게도 따로 말해 뒀다.

대통령의 승인이 떨어졌지만, 인수인계 때문에 다음 주까진 기다려 달라는 답변을 들었다.

아쉬운 사람이 기다리는 거지 뭐.

그래도 상해에 인력이 대거 보충되니 그나마 숨을 돌릴 수 있게 되었다.

나는 집무실에서 조용히 차를 들이켰다. 그리고 우유를 마시고 있던 베스를 향해 넌지시 물었다.

"친구가 소멸했다고?"

그러자 베스는 우유가 담긴 그릇에서 잠시 머리를 뗐다. 그리고 눈망울을 반짝이면서 말했다.

"그렇다. 완전히 소멸했다. 가지고 있던 격마저도 강탈당한 것 같다."

"격이 강탈당했다는 건?"

"인간의 표현으로는 완전히 죽었다고 볼 수 있겠지."

중국의 서쪽이라면 험준한 산악 지대가 즐비한 곳인데…… 그곳에서 새로운 영물이 깨어났던 모양이다.

나는 손가락으로 책상을 천천히 두드렸다.

"좋아, 너희가 전투에 참여한다고 치고, 루돌프는 몰라도 베스 너는 전투에 참여할 준비가 된 거야?"

영기를 회복하지 못했다고 징징거리던 게 엊그제다.

그런 놈이 전쟁에 나서겠다니, 개인적으로 꺼림칙한 건 사실이다.

하지만 베스는 그 콧김을 거칠게 내뿜으면서 대답했다.

"물론이다. 이미 힘은 충분히 회복했다. 이 세계를 더럽히려는 적들과 당당하게 맞설 생각이다."

"회복 다 했으면 방 빼는 것도 나쁘진 않았을……."

"무슨 소리인지 잘 모르겠군."

"아냐, 아무것도."

이레귤러들에 이어 영물들이 전선에 가담해 준다면 나로서는 환영할 일이었다.

하지만 그때, 베스로부터 예상치도 못했던 이야기가 흘러나왔다.

"하지만 모든 영물들이 인간의 편에 설 것이라 생각해서는 안 된다."

"어째서?"

"원래도 인간들을 혐오하는 동료들이 몇 있었다. 그들은 아마 이번에도 인간들을 적대할 것이다."

그렇다면 고대 신의 편에 선단 말인가?

"제3의 노선을 걷겠지. 정화자, 네가 마기라고 부르는 기운을 사용하는 이들과 함께하진 않을 거다."

"같이 싸우면 참 편할 텐데."

"원래도 인간을 혐오하던 녀석들이 갑자기 인간들에게 호의를 베풀 것이라 생각되진 않는다. 특히, 작금의 지구를 보면 더더욱."

인간들은 환경 파괴의 주범이다.

즉, 자연을 훼손하는 데에 있어서만큼은 지구상의 그 어떤 동물도 따라올 수 없는 존재들이란 뜻이다.

자연에 뿌리를 두는 영물들에게 있어서 인간들은 적이나 마찬가지겠지.

그렇게 생각하니까 베스의 말이 충분히 이해가 되었다.

"다른 국가들에도 그 정보를 전달해야겠네. 예기치 못한 적을 마주할 수도 있다고."

"혼란한 시대가 될 것이다. 우리가 고대 신들과 맞서 싸웠던 그때와 감히 비교할 수 없을 정도로 혼란한 시대일 것이다."

베스는 나지막한 목소리로 나를 향해 경고했다.

하지만 나는 손을 가볍게 내저으면서 답했다.

"복잡하게 생각할 것 없을 것 같은데."

"어째서지?"

"나쁜 마음을 먹은 영물들이 있다면, 일단 죽기 직전까지 팬 다음에 끌고 오면 되잖아? 그러면 네가 알아서 설득을 하든 하고, 정 말을 안 들으면…… 슬쩍. 알지?"

우리의 말을 듣지 않고 적의를 보인다면 둘 중 하나다.

설득하든가, 아니면 제거하든가.

내 말을 들은 베스가 잠시 말을 잇지 못한다. 그러더니 곧 고개를 절레절레 내저으며 말했다.

"내가 너라는 인간을 너무 과소평가했다, 교황. 말이 안 통하면 주먹부터 나간다는 걸 잠시 망각했어."

"예전이면 몰라도 지금은 충분히 두드려 팰 수 있을 것 같은데?"

"……그것도 맞다. 네 격은 우리가 인정할 만한 수준까지 성장했어. 무슨 일이 있었나?"

나는 베스에게 상해 어비스 던전에서 있었던 일을 가볍게 설명해 주었다.

고대 신을 잡고, 녀석의 격을 흡수한 것.

그리고 그곳에서 테라를 만난 것까지.

내 이야기를 모두 전해 들은 베스가 흑우의 형상에서 곧바로 개의 형상으로 변신했다.

그러더니 바닥에 편하게 웅크려 앉았다.

"허기진 갈망. 고대 신들 중에서도 가장 폭급하고 멍청했던 놈. 긴 세월 동안 바뀐 게 하나 없었구나."

"너도 아는 놈이야?"

"버러지 같은 놈이었지. 녀석의 권능을 흡수했다면…… 교황, 너는 이제 우리 동료들에게 충분히 위협이 될 것이다. 허기진 갈망의 권능은 격을 흡수하는 데 최적화되어 있다."

"테라는 별말 없었는데, 친절하다, 베스?"

"대지의 어머니가 아무런 말도 안 해 줬던 건가?"

"그곳에 나타났던 목적이 나 때문은 아니었거든."

리멘이랑 비밀스러운 대화를 나누는 게 주목적이었으니까.

"테라를 싫어하진 않나 봐?"

"싫어할 이유가 없다."

테라가 고대 신과 형제자매 관계지만, 그들을 배척하고 지구의 편에서 싸워서 그런가? 베스는 테라를 딱히 적대시하는 것 같진 않았다.

"그녀가 너를 고대 신에 대적하는 존재로서 선택한 모양이다. 탁월한 선택이라고 생각한다."

"그러니까 베스 네 말은, 내가 이제 영물들도 흡수할 수 있다는 소리지?"

"그렇다."

"……맛있겠다."

"……왜 나를 보면서 입맛을 다시는 거지?"

"착각이야, 착각."

흑우가 눈치가 꽤 늘었는걸.

그나저나 영물이라…….

우리의 전쟁에 예기치 못한 변수가 추가되었다.

❧

영물들이 본격적으로 합류하기로 한 지 하루 뒤.

전 세계가 아주 난리가 났다.

영물들을 비롯하여 고대의 존재들이 지구 각지에서 나타나기 시작했다.

고대의 존재들이라고 해 봤자 영물을 제외하고선 하나뿐

이다.

고대 신.

테라가 경고했듯, 고대 신들이 본격적으로 지구에 모습을 드러냈다.

처음 시작은 내가 미처 신경 쓰지 못했던 남미에서부터였다.

아르헨티나, 브라질.

남미의 주요 국가들을 중심으로 등장한 고대 신들.

디멘션 오프닝 이후, 치안 상황이 최악으로 치닫던 그들에게 있어서 고대 신들의 등장은 또 다른 구원처럼 느껴졌을 것이다.

〈지구에 등장한 신들, 인류를 구원해 줄 새로운 희망인가?〉
〈스스로를 고대의 신이라 주장하는 존재들, 세계 각지에서 등장하다〉

우리 리멘 교단이야 당연히 그들의 목적이 새로운 질서라는 것을 안다.

그리고 그 새로운 질서란 결국 이 세상을 부수고, 다시 창조해 내는 것이라는 것도 말이다.

하지만 다른 사람들은 그것을 잘 모른다.

몬스터, 빌런 들에 의해 하루하루 생존을 위협받던 이들에게는 고대 신들의 등장이 어쩌면 구원처럼 느껴졌을지도 모른다.

결과적으로 세계는 대혼란 속에 빠졌다.

구원자.

고대 신들을 이 세상의 구원자로 여기는 각종 종교 집단들이 곳곳에서 꿈틀거리고 있었다.

"스승님."

내가 집무실에 앉아 다른 곳의 상황을 확인하고 있을 때, 교황청의 위탁 교육생, 그레이스가 조심스레 집무실로 들어왔다.

본격적인 성전이 시작된 이후 그레이스 역시 리멘 교단의 용병으로서 활약하고 있다.

그레이스는 평소에 입고 있던 갑옷 차림으로 집무실 안에 들어섰다.

"어쩐 일이야, 그레이스?"

"교황님께서 스승님께 도움을 요청하셨어요."

그레이스가 말하는 교황이라고 한다면 바티칸의 교황을 의미한다.

나는 그레이스가 건네주는 서류를 받아 들었다.

바티칸의 협조 공문.

그 협조 공문을 간단하게 요약하자면 다음과 같았다.

[이번에 세계 각지에 등장한 고대 신들에 대해서 알려 줄

수 있습니까? 그들이 적인지, 아군인지 아직 분간할 수 없습니다.]

리멘 교단과 바티칸의 관계를 생각해 봤을 때, 교황이 충분히 할 수 있는 질문이었다.

바티칸에서는 신흥 종교들에 대해서 신중한 스탠스를 취하고 있기 때문이다.

"그레이스 너도 잘 알고 있잖아? 네가 대신 대답해도 괜찮았을 텐데."

그러자 그레이스가 고개를 가로저었다.

"이건 바티칸이 리멘 교단에 정식적으로 문의를 한 거라서요. 제가 관여할 문제는 아니죠."

"고대 신 전부를 인류의 적으로 규정해야 한다, 그렇게 전해 드리면 되겠다. 라파르트 대주교에게 공문을 발송하라고 할게."

"예, 감사합니다."

전 세계에 고대 신들이 나타났지만, 그렇다고 해서 모두가 고대 신들에게 넘어간 건 아니었다.

리멘 교단의 영향력이 강한 동북아시아는 당연히 고대 신의 영향권에 속하지 않았고, 고대 신이 나타났음에도 고대 신들이 배척당하는 지역도 한 곳 있었다.

그곳은 바로 중동.

중동 쪽에서는 지하드가 선포되고, 아주 그냥 난리가 났다.

이슬람 전사들에게 있어서 고대 신들은 도저히 용납할 수 없는 이단이었던 것이다.

"바티칸에서는 리멘 교단과 공동전선을 형성할 생각도 있어요, 스승님."

"마음만으로도 고맙지. 유럽도 지금 상황이 별로 안 좋잖아?"

유럽 역시 유니온과의 전쟁이 정점에 다다른 상황.

이런 상황에 고대 신이라는 변수까지 끼어들게 되는 바람에 정신없어지기는 했지만, 유럽의 이레귤러들이 힘을 내 주고 있다.

나는 라파엘이 제공해 준 전 세계 지도를 살피면서 숨을 작게 뱉어 냈다.

"힘들다, 힘들어."

그러자 그레이스가 내 어깨를 주무르면서 말했다.

"어깨라도 주물러 드릴게요."

"요새 표정 좋다?"

"인욱이가 와 줘서 그런가?"

아, 내가 깜빡하고 말을 못 한 게 있는데, 그레이스 얘, 인욱이랑 만나고 있다.

다 큰 성인 남녀의 연애에 관여할 생각은 없었다. 그래도 아주 이쁘게 만나더라.

인욱이 이 괘씸한 놈.

형도 지금 바빠서 연애를 제대로 못 하는데, 자기만 연애를 해?

"제자야."

나는 잠시 눈을 감으면서 그레이스를 불렀다.

"네, 스승님."

"인욱이한테 잘해 줘라."

"물론이죠."

돈 많지, 예쁘지, 싸움 잘하지.

그레이스 정도면 우리 인욱이와의 교제를 충분히 허락해 줄 수 있다.

어쩐지 인욱이도 상해에 넘어와서 표정이 밝더라.

나랑 있을 때는 그렇게 웃는 걸 본 적이 없었는데 말이지.

그레이스는 내 어깨를 계속 주물러 주면서 질문을 이어 나갔다.

"고대 신들이 나타났는데 작전은 계속 밀어붙이실 건가요?"

"일단은."

아직까지는 동북아시아에 큰 변수가 발생하지 않았다.

우리가 지난번에 소멸시킨 어비스 던전을 제외하고서는 고대 신들의 준동도 없었고.

우리 교황님 좀 말려 주세요

그렇기 때문에 일단은 정화자에 집중을 할 예정이다.

"고대 신들이 나타나면 우선순위는……."

"그건 생각을 좀 해 봐야겠다."

고대 신과 정화자.

이 둘을 동시에 상대하는 건 최악의 상황이다.

최대한 빠르게 그 무명이라는 놈을 찢어 죽인 다음, 고대 신들과 맞서 싸우는 게 베스트일 거라고 본다.

문제는 무명, 그 녀석 역시 수를 숨기고 있다는 거겠지만.

"잠시 지하에 좀 내려갔다 올게. 누가 나 어디 갔냐고 물어보면, 지하에 갔다고 전해."

나는 자리에서 일어서면서 그레이스에게 말했다. 그러자 그레이스가 고개를 끄덕였다.

"서울 다녀오시게요?"

"아니, 지하 봉인실에 다녀오게."

"봉인실이라면…… 아, 마왕들."

"귀빈분들이 잘 계시나 살피는 것도 주인으로서의 도리거든."

심판의 검에 꼬치구이를 해 둔 상태로 너무 오랫동안 방치를 해 뒀다.

새로운 능력을 좀 실험해 보고 싶었다.

그리고 그 능력을 실험하기에는 마왕들이 딱 적당한 실험체다.

라파엘이 같이 실험하자고 조르기 전에 빠르게 다녀오도
록 하자.

※

신전의 지하 가장 깊은 곳에 위치한 봉인실.

내 허가 없이는 절대로 들어올 수 없는 이 봉인실에는 최
상급 신성석으로 이루어진 신성 결계가 총 다섯 개나 생성되
어 있었다.

이곳에 봉인되어 있는 놈들의 정체를 생각해 본다면 아주
당연한 조치였다.

"잘들 계셨나?"

나는 신목으로 특수 제작한 문을 열고 봉인실 안으로 들어
섰다.

그곳에는 심판의 검에 꿰뚫린 채로 겹쳐 있는 두 분이 기
다리고 계셨는데, 그 둘은 나를 발견하자마자 끊어질 듯한
목소리로 입을 열었다.

"교황……."

"우리를 조롱하러 왔나?"

화신체에 영혼을 묶인 채로 봉인되어 있는 바알과 벨페고
르.

저 두 놈은 한때 에덴을 공포로 몰아넣었던 마왕이었지만,

지금은 그저 내 포로에 불과했다.

나는 가벼운 발걸음으로 마왕들에게 다가갔다.

"버림받은 기분은 어때?"

이 녀석들만 보면 속에서 열불이 터진다.

이 녀석들에게 죽어 나간 내 동료들의 얼굴을 떠올릴 때마다 온몸에서 화가 들끓어 오른다.

에덴에서의 10년은 전부 이 녀석들을 죽이기 위한 시간들이었다.

그때 분명히 완벽하게 소멸시킨 줄 알았는데, 이렇게 지구에서 재회하게 될 줄 누가 알았을까?

"벨페고르, 바알. 너희 둘이 포로로 가치가 없다는 건 좀 유감이야. 그래도 나름 동료인데, 다른 마왕들이 너희를 구할 생각조차 안 하네?"

이 둘을 되찾기 위해서 정화자들이 전력을 투입할 것이라 예상했었다.

하지만 병력 투입은 개뿔.

성지 주위는 그 어느 때보다 조용하다.

즉, 이 녀석들은 정화자들이 버린 카드란 소리였다.

"바알은 대가리가 병신이라서 잘 모를 거고. 벨페고르, 너는 알고 있는 거 따로 없나?"

나는 벨페고르의 턱을 손으로 움켜쥐면서 말했다.

그러자 벨페고르가 비릿하게 웃으며 속삭였다.

"지금 우리에게 협상을 하러 온 건가? 교황, 너도 참 급한 가 보구나."

"협상이라……. 오해가 좀 있는 것 같네."

지금까지 판단하기에, 칠마왕들의 역할은 에덴에서와는 전혀 다르다.

에덴에서는 에덴을 위협하는 주범, 사악한 이들의 정점에 서 있는 절대자의 포지션이었다.

그러나 지구에서는 이 녀석들 역시 장기 말에 불과했다.

무명의 지시에 따라 움직이는, 그나마 센 장기 말.

녀석들에게 실질적인 권한은 없다는 것이 이미 몇 번이나 증명된 상황이다.

"내가 어젯밤에 가만히 생각을 해 봤어. 리멘이 그러더라 고, 마왕이란 존재는 마기를 통해 격을 개방한 이들에게 허 용되는 칭호라고. 너희도 출신 종족이 다양하잖아? 누구는 인간 출신이고, 누구는 마족 출신이고. 또 누구는 드래곤 출 신이고."

마왕도 결국 격을 지닌 존재들이다.

그 생각을 하게 되니까, 난 이런 결론에 도달할 수 있었 다.

이번에 내가 획득한 〈끝없는 허기〉라는 스킬.

이 스킬은 기본적으로 신격에게 작용하는 스킬이지만, 마 왕들에게도 적용할 수 있지 않을까?

"실험을 해 보고 싶은데 내가 우리 가족 같은 영물들을 잡아먹을 수는 없잖아? 그때 딱 너희가 생각나더라."

현재, 벨페고르와 바알은 심판의 검에 의해 엄청나게 약화되어 있는 상황이다.

평소라면 몰라도, 이런 상황이면 충분히 잡아먹을 수 있지 않을까?

그리고 이 실험이 성공한다면…… 나는 이 버러지들을 영원히 세상에서 지워 버릴 수 있게 되는 것이다.

"무슨 개소리를 지껄이고 있는 거야."

그래도 바알이 최근에 잡아 온 놈이라서 그런가, 벨페고르에 비해서는 아직 펄펄하다.

나는 천천히 바알에게로 다가가서, 녀석의 머리 위에다가 손을 올렸다.

"쉽게 말해서, 너희의 격을 흡수하고 싶다는 거지."

"신성력과 마기가 융합될 수 있는 힘이라고 생각해? 나보다 더 멍청하군, 교황. 네놈의 신성력과 우리의 마기는 절대로 양립할 수 없는 기운이다."

"마기는 필요 없어."

"그럼 도대체 무슨-."

천천히 내 회색빛 신성력을 끌어올렸다.

그러자 눈앞에 황금 테두리의 메시지창 하나가 떠올랐다.

패시브 스킬 〈끝없는 허기〉가 새로운 격과 접촉합니다.
〈종류: 마왕〉의 격에 대한 정보가 시스템에 기록됩니다.
지금부터 당신은 마왕의 격을 흡수할 수 있습니다.

　내 정보창에서도 확인할 수 있듯, 〈신성력〉과 〈격〉은 별개다.

　그렇게 보면 〈마기〉와 〈격〉도 별개라고 생각할 수 있을 것이다.

　만약, 이 상태에서 〈격〉을 모두 빼앗으면 어떻게 될까?

　굉장히 흥미로운 실험이라고 생각한다.

　"시작한다."

　나는 곧바로 신성력을 녀석의 몸속으로 불어 넣었다. 그러자 곧 바알의 입에서 비명이 튀어나왔다.

　"끄르르르륵."

　내가 내뿜은 신성력이 녀석의 몸속에 갇혀 있던 마기들을 불태우기 시작했다.

　이 반응 자체는 예전과 비슷했다. 그러나 잠시 후, 새로운 현상이 관측되었다.

　"오."

　바알의 몸속에 흘러들어 간 신성력이 무언가를 게걸스럽게 먹어 치우기 시작한다.

　마기를 불태울 뿐만 아니라, 바알의 몸으로부터 무언가가 내 몸속으로 흘러들어 오는 것이 느껴졌다.

특수 능력치 〈격〉이 상승합니다.
특수 능력치 〈격〉이 상승…….

빠르게 눈앞에 떠오르는 메시지들.

그동안 지지부진하게 증가했던 격이, 그 어느 때보다 빠른 속도로 증가하기 시작했다.

그렇게 얼마나 시간이 흘렀을까?

곧 눈앞에 새로운 메시지가 등장했다.

흡수할 수 있는 한계치에 도달하였습니다.
〈마왕: 바알〉이 〈마왕〉으로서의 격을 상실합니다.

격을 상실했다는 것.

얼핏 보면 어려운 말이었으나, 나는 그 말의 의미를 단번에 깨달을 수 있었다.

바알에게선 더 이상 마왕으로서의 격이 느껴지지 않았다.

마왕이 아닌 그냥 평범한 마족.

그 이상도, 그 이하도 아닐 뿐.

그리고 마왕이 아닌 마족이 심판의 검에 닿게 되면.

파스스스-.

영혼까지 재가 되어 소멸하게 될 뿐.

나는 재가 되어 버린 바알을 바라보면서 아무 말 없이 고개를 끄덕였다.

그다음, 벨페고르를 향해 말했다.

"다음은 너야."

에덴에서의 실수를 반복할 생각은 없었다.

나는 공포에 질린 벨페고르를 바라보며 입꼬리를 올렸다.

⁂

결론부터 말하자면, 벨페고르와 바알은 완벽하게 소멸했다.

격을 모두 상실하고 평범한 마족이 되어 버린 그 둘은 더 이상 심판의 검을 버티지 못했다.

파스스.

나는 텅 비어 버린 봉인실 내부를 둘러보면서 천천히 고개를 끄덕였다.

봉인실 안에는 더 이상 아무것도 남지 않았다.

재가 묻은 심판의 검만 가운데 꽂혀 있을 뿐.

"후."

입김을 불어 심판의 검에 묻은 재를 털어 냈다.

오랜 악연이 끝났으나, 그다지 개운한 기분은 아니었다.

마왕이 보유한 격을 흡수한 탓인지는 몰라도, 알 수 없는 충만감이 느껴지기는 했다.

우우우웅.

내 몸속의 신성력이 조금 더 짙어진 것이 느껴졌다.

리멘의 신성력은 큰 변화가 없었으나, 내 고유의 신성력이 강화되었다.

당신의 〈격〉이 일정 수준에 도달하면서 새로운 권능들이 개방됩니다.
권능 〈형성〉을 획득합니다.
당신은 〈권능: 형성〉을 통해서 일부 지역을 당신이 원하는 대로 조작할 수 있습니다. 해당 권능은 〈차원계: 지구〉에 한정되며, 특수 능력치 〈격〉에 따라 조작할 수 있는 범위가 결정됩니다. 〈권능: 창조〉, 〈권능: 파괴〉의 근본이 되는 권능입니다.

마왕의 격을 흡수하면서 새롭게 획득한 권능.

설명만 보더라도 지금껏 내가 지니고 있던 스킬들과는 느낌이 아예 다르다.

〈신격〉에 어울린다고 해야 하나?

직접 테스트는 해 봐야겠지만, 나에게 있어서는 어지간한 전투 스킬보다는 훨씬 쓸 만해 보였다.

내가 원하는 대로 전장을 조작할 수 있는 능력이라고도 할 수 있을 테니까.

게다가 저 하위 스킬로 보이는 〈창조〉와 〈파괴〉 역시 심상치 않아 보이는 것이, 아무래도 테라가 야심 차게 준비해 둔 것 같다.

실험 결과는 대성공이었다.

마왕을 완벽하게 소멸시킬 수 있다는 것을 확인했으니, 이보다 좋은 결과는 없었다.

나는 바닥에 남아 있는 재들까지 신성력을 통해 완벽하게 소멸시킨 다음, 곧바로 봉인실에서 빠져나왔다.

그리고 다시 지상으로 걸어 나왔다.

"성하."

가장 먼저 나를 반겨 준 건 신전의 예배당에서 신도들과 이야기를 나누고 있던 라파르트 대주교였다.

라파르트 대주교는 지하의 봉인실에서 마왕들이 소멸했다는 걸 확실하게 느꼈나 보다.

그는 나를 향해 고개를 숙이면서 축하를 전했다.

"마왕 둘을 완벽하게 소멸시키셨군요. 축하드립니다."

"새로 얻은 능력이 아주 쓸 만한 것 같아요."

"다른 마왕들도 곧 그들과 같은 최후를 맞이하게 될 것입니다."

"그렇게 해야죠."

더 이상 마왕은 불멸의 존재들이 아니다.

벨페고르와 바알이 소멸했다는 건 분명히 정화자 놈들에게도 전달되었을 것이다.

그놈들이 이제 어떻게 움직이려나?

이제 나에게 있어서 마왕이란 한 끼의 식사에 불과할 뿐이다.

내 부족한 격을 채워 줄 수 있는 일용할 양식.

"마왕들의 위치부터 파악하라고 하세요."

남은 마왕은 다섯 마리.

마왕을 완전하게 소멸시킬 수 있다는 것이 확인된 이상, 녀석들을 흡수해서 힘을 키워 나가야 한다.

사냥꾼과 사냥감의 입장이 바뀌었다.

이제는 이쪽에서 마왕을 찾아다니며 사냥할 시간이다.

내 말에 라파르트 대주교가 고개를 숙였다.

"지시를 내리겠습니다."

"라파엘이 곧 강화된 마력 탐지 기기를 완성한다고 했으니, 라파엘과 협조하면 될 것 같아요."

라파엘의 연구는 중국으로 넘어와서도 계속되었다.

여러 실험체들 덕분에 장족의 발전을 거두었다고 들었다.

특히, 마기를 추적하는 새로운 기술을 개발했다던가?

"라파엘이 마기를 탐지하는 위성을 개발했습니다."

"제가 지구의 과학기술에 대해서는 잘 모르지만, 위성이라는 것이 그리 하루아침에……."

"라파엘이니까요."

"……그렇군요."

내가 인정하는 먼치킨 능력자 중 한 명인 라파엘이었으니까 가능한 일이다.

마기 탐지 위성 역시 프로토타입에 불과하지만, 그래도 이 단심문관들의 부담을 덜어 줄 것임에는 틀림없었다.

물론 그 위성을 개발한다는 명목으로 우리 교단의 신성석 비축고를 털어 버렸지만 말이지.

"하나씩 잡아먹읍시다."

고대 신들을 상대하는 데 가장 중요한 능력치가 〈격〉이라는 것은 이제 대충 알겠다.

그럼 이제부터 내가 해야 할 일은 그 〈격〉을 최대한 높이는 것.

마왕도 잡아먹고, 격도 늘리고.

그야말로 일거양득, 일타쌍피, 일석이조다.

"그런데 성하, 미국 쪽으로부터 첩보 하나가 들어왔습니다."

내가 앞으로의 일들을 잠시 고민하고 있는 사이, 라파르트 대주교가 조심스럽게 이야기를 꺼냈다.

"제3세계 국가들을 중심으로 퍼져 나가는 신흥 종교들에 백명교가 관여하고 있다고 합니다."

"백명교가요?"

"예, 성하도 아시겠지만, 고대 신들이 세계 각지에 등장한 순간, 기다렸다는 듯이 종교 집단들이 등장하고 있습니다.

그리고 그들은 놀라운 속도로 체계를 잡아 나가고 있다고 하더군요."

조직이라는 게 하루아침에 구성되는 게 아니다.

녀석들이 등장한 지 채 일주일이 안 되었는데 벌써 조직적으로 움직인다는 걸 보면, 원래부터 준비가 되어 있었다는 뜻이다.

고대 신과 관련된 신흥 종교 집단들을 지원할 세력은 내가 알기로는 백명교…… 잠깐.

백명교의 그 금발 머리 여자애, 호칭이 아마 대교구장이었지?

대교구장이라고 한다면, 충분히 다른 교구도 존재할 것이란 소리다.

"백명교가 모시는 신이 하나가 아닐 수도 있어요. 그 가능성에 대해서 미국 측에 충분히 전달하도록 하세요."

"알겠습니다."

옛날에는 대한민국을 어지럽히는 흔한 사이비 교단이라고 생각했었는데, 알고 보니 다국적 사이비 교단이었잖아?

백명교의 교세가 커지는 건 경계해야 할 일이다. 중국에서의 교세 확장은 우리가 충분히 커버할 수 있겠지만, 다른 국가들까지 영향력을 끼치는 건 불가능하다.

이제 판이 커지니 동맹의 필요성이 느껴진다.

미국뿐만 아니라 더 많은, 그리고 더 다양한 지역의 국가들이 우리 쪽에 가담해 줘야만 한다.

"그래도 일단은 정화자부터."

생각할 부분이 더 많아졌으나, 이럴 때일수록 지금 당장의 목표에 집중해야 했다.

정화자를 이 세상에서 완벽하게 지워 내는 것.

지금은 거기에 초점을 둬야 할 때다.

"혹시 모르니까 대한민국, 일본, 미국 정부 쪽에다가도 새로운 협의체에 대해 문의를 넣어 두세요."

"알겠습니다."

"난징 공략 준비는 어떻게 되고 있습니까?"

"추가로 생산된 천벌 미사일들이 상해로 들어오고 있고, 용병 모집도 수월하게 진행되고 있습니다."

난징 원정에 참여할 용병의 최소 등급은 A급 헌터 이상.

정화자의 핵심 거점으로 예상되는 장소이니만큼, 쉽지 않은 싸움이 될 것이다.

나는 천천히 고개를 끄덕였다.

또 다른 전투가 눈앞에 성큼 다가와 있었다.

⚜

라파르트 대주교가 보고한 대로, 난징 공략 준비는 그야말로 엄청난 속도로 진행되는 중이었다.

이건 진짜 광기였다.

"이날을 기다려 왔습니다. 소식을 듣고 바로 일본에서 날아왔습니다. 일본을 지켜 주신 김시우 교황님께 은혜를 조금이라도 갚고 싶습니다!"

"미국에서 왔습니다!"

"저희는 인도에서……."

"저희는 베트남에서……."

그야말로 다국적 군대.

인종의 용광로라고 부르기에 충분한 다국적군이 구성되어 버렸다.

전투에서 획득하는 전리품에 대해서는 소유권을 100% 인정해 주겠다는 용병 혜택이 낳은 진풍경.

누군가는 리멘 교단의 신앙심을 부르짖으며 참여하고, 또 누군가는 탐욕에 번들거리는 눈빛으로 참여하고.

A급 헌터 이상으로 제한을 걸어 뒀음에도 불구하고 하루에 1천 명이 넘는 헌터들이 상해로 들어오고 있었다.

"거, 그딴 식으로 장비를 손보면 되나? 제대로 안 해?"

"죄송합니다, 토비 님!"

"요새 것들은 말이야, 어? 열정이 없어, 열정이."

서울 성지에 남아 있었던 토비조차도 현장에서 영업소를 열었다.

우리 교단 전투원들의 장비뿐만이 아니라, 외부 헌터들의 장비까지 손봐 주는 중이다.

물론 외부 헌터들 장비 수선은 유료다.

한때 마이스터 길드에 속해 있었던 토비의 제자들 역시 수준이 많이 올라왔는데, 덕분에 우리 교단이 돈을 아주 쓸어 담고 있다.

"축성소에 사제들이 부족합니다."

"성기사들 어차피 출전 전까지 할 일 없잖아? 일부 그쪽으로 돌려!"

참고로 상해 성지에 축성소를 무려 열 개나 건설했다.

중국에서도 우리 교단의 신앙이 빠르게 퍼지고 있던 덕에 신성 점수가 복사되고 있었거든.

덕분에 우리는 이번 전쟁에 소비되는 대부분의 자금을 회수 중이었다.

박지원 고문이 우리 교단 회계 부서의 인원을 확충한 것에는 모두 이유가 있었다.

"벌 때는 벌어야지."

나는 분주하게 돌아가는 성지를 둘러보면서 고개를 끄덕였다.

서울, 센다이 성지와는 다르게 이곳은 뭐랄까…….

"병기창?"

그래, 딱 병기창 같다.

상해 성지의 기능은 오로지 전쟁에만 초점이 맞춰져 있다.

우리 교황님 좀
말려 주세요

"신나게 버는군그래."

에이든은 내 옆에 서서 양주를 병째로 들이켜고 있었다.

"원래 성지에서 음주 행위는 신성모독인 건 알고 있냐?"

"……그럼 나도 대머리가 되는 건가?"

"농담이야."

"그런 농담은 하면 안 된다, 시우. 머리숱은 남자의 생명이야."

"……오른쪽 머리를 싹 밀어 버린 놈이 할 말은 아닌 것 같은데."

에이든은 나를 째려보더니, 다시 주위를 둘러보면서 말을 이어 갔다.

"리멘 교단은 항상 인력이 부족해 보인다. 3기 교육생을 충원할 생각은 없나?"

"안 그래도 계획을 짜고는 있는데, 전쟁이 끝나야 뭘 하든가 말든가 하지."

3기 교육생들을 교육해야 할 인력도 싸그리 전쟁에 동원된 마당에, 당장 인력을 충원하는 건 사실상 불가능이다.

축성소에 투입할 축성 사제들도 부족하고.

대장간에 투입할 대장장이들도 부족하고.

인력이 부족하다고 해서 아무나 교단에 받을 수도 없는 노릇.

그나마 다행인 건, 대한민국과 일본에서 새롭게 각성하는 신성 플레이어들 대부분이 리멘 교단에 지원하고 있다는 점이다.

추후에 상황이 괜찮으면 중국인들 사이에서도 신성 계열 플레이어들이 나오게 될 거고, 그들 역시 리멘 교단을 선택하게 될 것이다.

이것이야말로 리멘으로 대동단결, 동북아시아의 화합 아니겠어?

"놀라운 건 이 모든 것이 네가 귀환한 지 1년도 안 돼서 이루어진 일이라는 거지."

"아직 시간이 그것밖에 안 됐나?"

"미국에서는 이걸 보고 리멘 신드롬이라고 부른다. 네가 오기 전까지만 하더라도 대한민국은 몰락해 가고 있었는데 말이야."

대형 길드들이 이권을 다투고 있지, 잃어버린 북쪽 땅에서는 실시간으로 몬스터들이 증식하고 있지.

다시 생각해 보면 진짜 지옥과도 같은 상황이었다.

그게 진짜 엊그제 같은데, 잃어버린 땅도 수복해 버리고, 이제는 옆 나라에 와서 정화자들을 제거하고 있다.

개인적으로는 중국에 진출하는 건 좀 나중이 될 거라고 생각했는데, 예상했던 것보다 훨씬 속도가 빠른 건 맞다.

"이래서 사람은 줄을 잘 서야 돼. 네 옆에만 있으면 항상 재밌는 일이 생긴다. 친구 하길 잘했어."

"일본에서 나한테 두드려 맞던 게 엊그제였지?"

"잊고 싶은 기억이다. 그래도 원래 남자는 싸우면서 친해지는 거야."

"싸웠다기보다는 네가 일방적으로 두드려 맞은 거지."

자신이 불리해지자 다시 술을 한 모금 들이켜는 에이든.

녀석은 손등으로 입가를 슬쩍 훔쳤다. 그리고 말을 빠르게 돌렸다.

"난징을 함락하면 그다음은 어디지?"

"그건 그때 가서 생각해야지."

난징을 점령하게 되면 보다 많은 정보를 획득할 수 있을 것이다.

그렇기 때문에 지금 계획을 세워 봤자 별 의미가 없었다.

내가 귀환한 이후로 상황이 내 계획대로 흘러갔던 적이 있었나?

"무계획이 계획이야."

"너는 가끔 보면 참……."

"가끔 보면 참?"

"……아니다, 아니야."

에이든이 무슨 말을 하려고 했던 걸까?

에이든은 술병에 남아 있던 술을 전부 목으로 들이켠 다음, 숨을 가볍게 뱉어 냈다.

"즐거운 전투가 되겠어. 예전에 잃어버린 땅에서 다크 엘

프들을 상대했던 것보다 훨씬 즐거울 것 같다. 인간의 머리
를 부수는 것보다야 몬스터의 머리를 부수는 게 훨씬 낫지."

"마기에 물든 각성자들도 있을 거다."

"그런가? 동시에 두 가지 맛을 즐기는 것도 나쁘지 않아."

에라이, 미친놈.

어찌 되었든, 그렇게 난징 공략 준비가 거의 마지막에 이
르러 가고 있었다.

❧

그로부터 3일 후.

"출정합시다."

난징 공략전의 서막이 올랐다.

도망가려고?

상해는 기본적으로 바닷가와 접한 도시다.

즉, 상해의 동쪽은 바다라는 천연 요새가 존재한단 뜻이다.

제해권을 완벽하게 장악한 상황이었고, 인근에 해양 몬스터들은 완벽하게 소탕해 두었다.

거기에 지난번에 항저우를 비롯한 상해의 남측 도시들을 빠르게 정리해 둔 것도 이번 원정에서 아주 중요한 역할을 하고 있었다.

뒤가 털리지 않을 것이라는 보장.

어차피 북쪽은 우리의 진군 루트였기 때문에 위협이 되지 않았고, 청소 작업이 끝난 남쪽은 중국 측 헌터들에게 경비를 맡겨 두었다.

덕분에 우리는 아무런 고민 없이 진격을 시작했다.

"가도 가도 끝이 없네."

나는 헬기의 창문 밖으로 스쳐 지나가는 중국 땅을 바라보면서 혀를 내둘렀다.

땅이 진짜 넓기는 넓다.

상해에서 난징까지 거리는 300km 정도.

이런 거리를 육로를 이용해서 진군한다는 건 솔직히 좀 문제가 있었다.

난징으로 향하는 도로 대부분이 파괴된 상태였다.

본대는 일단 육로를 통해 진군을 하고 있지만, 본대만큼이나 중요한 역할을 하는 게 선발대다.

아니, 솔직히 말해서 선발대가 곧 본대나 마찬가지다.

왜냐고?

그건 바로.

─목표 지점에 곧 도착하는데, 시우, 누가 더 많은 대가리를 부수는지 내기를 할까? 이세민 씨도 참여하면 좋을 거고. 라파엘은…….

─아, 에이든 군, 나는 빠지겠습니다. 실험체의 대가리를 부술 순 없습니다. 최대한 많은 인원을 생포해 갈 겁니다. 그걸 위해서 반중력장 생성기를 챙겨 왔습니다.

─내기 상품은 뭡니까?

-그건 나중에 생각해 봐야지. 이세민 씨는 관심이 있나 보군.

-예.

무전기를 통해서 들리는 목소리들의 주인들, 저 미친놈들이 선발대에 포함되어 있기 때문이다.

우리가 보유한 이레귤러 전원을 동원하여 본대의 진입로를 확보한다……는 것이 첫 번째 목표이긴 한데.

지금 분위기를 봐서는 선발대 선에서 모든 전투가 끝날 것 같긴 하다.

사실, 그건 내가 바라는 방향이기도 했다.

이레귤러들 아껴서 뭐 해?

이레귤러들이 처음부터 활약을 해 줘야 아군 측의 피해를 줄일 수 있다.

"내기고 나발이고, 눈먼 칼에 맞고 뒈지지나 마."

나는 퉁명스러운 목소리로 말했다.

그러자 무전기 너머에서 뚱한 목소리가 들려왔다.

-우리 중에 칼을 쓰는 인원은 없는데? 이상한 소리를 하는군. 눈먼 칼이 아니라 눈먼 주먹이 더 맞는 표현일 거다.

에이든이 사용하는 무기는 도끼.

나와 이세민 씨는 주먹.

그리고 라파엘은 첨단 무기들을 사용하니까 저 말이 맞긴 하다.

말꼬리 잡는 거 아주 밉상이야.

"내가 칼 뽑아서 그냥 너한테 휘둘러 줄까?"

—미안하다.

순순히 백기를 드는 에이든.

이레귤러들끼리 유치한 말싸움을 이어 나가고 있는 사이, 우리가 타고 있던 헬기와 나란히 비행하고 있던 이무기 상태의 루돌프가 한마디 거든다.

—싸우는 거야? 싸우지 마! 시연이가 친구들끼리는 친하게 지내야 한다고 했어.

상해와는 달리 중국의 내륙 지역은 제공권을 확보한 상태가 아니었다. 그럼에도 우리가 이렇게 헬기를 이용할 수 있는 건 전적으로 루돌프와 라파엘 덕분이었다.

비행형 마수들은 저 둘 때문에 감히 머리를 들이밀지를 못했다.

나는 루돌프를 바라보며 피식 웃은 다음, 내 옆에 웅크려 앉아 있는 베스를 바라보며 말했다.

"너는 루돌프처럼 못 날아다니냐?"

그러자 베스가 고개를 가로저었다. 대답조차 하기 귀찮다는 모양새.

마치 낮잠을 방해하지 말라는 듯한 제스처였다.

게으르기는.

"김시우 교황님."

내가 베스의 윤기 나는 털을 쓰다듬으며 창밖을 구경하고 있을 때, 헬기의 기장이 조심스럽게 말했다.

"레이더의 기능이 정지했습니다."

"마기의 간섭이 심각해졌다는 뜻이죠."

"안쪽으로 더 비행합니까?"

"아닙니다. 여기서부터는 지상으로 이동할게요."

지금까지 감지되던 마기와는 차원이 다른 마기.

마기의 질뿐만 아니라, 마기의 양부터가 엄청났다.

나는 창밖 너머의 먹구름을 바라보면서 미간을 가늘게 좁혔다.

"분리수거가 필요한 쓰레기들이 한곳에 모여 있으니 수고는 덜었네."

저 멀리 보이는 거대한 흑색 장벽.

그 너머에서는 다양한 쓰레기들이 내뿜는 마기가 느껴져 왔다.

상해를 비롯한 해안 도시들과는 달리, 저곳은 이미 요새화가 끝난 상태였다.

언데드, 마기 사용자, 마수 들.

셀 수 없이 다양한 버러지들이 한곳에 모여 요새를 이루고 있었다.

그래도 핵심 거점은 핵심 거점인 걸까?

게다가 이렇게 가까워지니 저 도시에 어떤 놈이 있는지도 훤히 다 보인다.

나는 입꼬리를 올린 다음, 무전기에 대고 말했다.

"마왕이 둘이나 있다. 나눠 먹으면 될 것 같은데?"

그러자 무전기 너머로 에이든이 즉각적으로 대답했다.

—오, 재밌겠어. 그때 마왕이 일곱이라고 하지 않았나? 저 곳에 있는 놈들은 어떤 놈들이지?

"음욕의 마왕 릴리스, 탐욕의 마왕 마몬. 각각 몽마의 여왕, 마룡왕이라는 별칭을 지니고 있는 놈들이야."

큰 놈이 둘이나 걸렸다.

하지만 벨페고르, 바알의 경우와는 비교할 수 없을 것 같다.

강력한 마기가 해당 지역을 비틀고 있습니다.

마왕들은 이미 에덴에서의 80%까지 힘을 회복한 듯 보였다.

"하필이면 저 둘이네."

릴리스와 마몬.

릴리스의 경우는 전투력 자체는 뛰어난 편이 아니지만, 저 두 마왕의 공통점이 하나 있다.

그것은 바로 둘 다 집단전에 능하다는 것.

대규모 전투에 있어서만큼은 저 둘을 따라갈 수 있는 마왕이 없었다.

몽마들은 끊임없이 필멸자들을 유혹하여 서로에게 칼을 겨누게 만들 것이고, 마룡들이 사용하는 저주는 인간들에게 내재된 탐욕을 증폭시킨다.

집단을 분열시키고 갈라치는 데에는 저 둘을 따라갈 놈들이 없었다.

안 그래도 우리 쪽 병력들은 결속력이 약한데, 저 녀석들이 그 사이에서 난리를 치기 시작한다면…… 피해가 아주 클 것이다.

종교, 신념 등등.

인간을 갈라치기하는 것들은 셀 수 없이 많으니까.

"우리 선에서 최대한 정리를 해 버리자고. 아참."

나는 헬기에서 뛰어내리기 전, 이레귤러들에게 한 가지 경고를 했다.

"마왕 막타는 무조건 내 거다. 알겠지? 최대한 마왕을 생포할 것. 어차피 화신체를 소멸시켜 봤자 저놈들 부활한다. 내 말이 무슨 뜻인지 이해했지?"

한 마리 한 마리가 내 소중한 격 공급원인데, 놓칠 수야 있나.

내 말에 이레귤러들은 모두 알겠다는 대답을 했다.

좋아, 대충 정리는 끝났고.

이제 남은 건.

"사냥 시작이다, 이 시커먼 새끼들아."

저 나쁜 놈들을 싸그리 밀어 버리는 것뿐.

나는 혀로 입술을 핥은 다음, 가볍게 헬기에서 뛰어내렸다.

※

특별히 내가 전쟁에서 이기는 법을 알려 주도록 하겠다.

전쟁에서 이기는 방법은 별거 없다.

부수고, 또 부수고, 계속 부수고.

더 이상 부술 게 없을 때까지 무차별적으로 부수면 되는 거다.

콰아아아아앙─.

나는 나를 향해 달려들던 마수들에게 주먹을 꽂아 넣었다.

휘리리릭─.

활성화시킨 슈트에서 튀어 나간 패널들은 지난번보다 훨씬 더 유연하게 움직이면서 적들의 숨통을 끊는다.

사방에서 쉴 새 없이 적이 몰려들었다.

언데드, 마기 사용자, 심지어 본 드래곤까지.

아마 본 드래곤들은 마몬이 부리는 수족들일 것이다.

마몬은 지구에서 부활하는 데 성공했지만, 자신을 따랐던 동족까지 부활시키는 데에는 실패했던 모양이다.

"흠."

사방에서 난리가 났다.

전장에 뛰어든 건 나를 포함해서 고작 네 명.

북경을 습격했던 본 드래곤도 이곳에서 튀어나왔던 놈들인지, 하늘 곳곳에서 등장하고 있었으나 녀석들은 이무기 형태의 루돌프에게 꼼짝도 못 하고 있었다.

항상 순한 모습을 보여 주었던 루돌프.

그러나 루돌프는.

콰우우우우--!

하늘에서 거칠게 포효하며 본 드래곤들의 목을 물어뜯고 있었다.

나는 루돌프가 날뛰는 모습을 흡족하게 바라보았다.

밥값은 톡톡히 하는구나.

"베스, 너는 뭐 찔리는 거 없냐?"

-잘 봐라, 교황.

내가 슬쩍 푸시를 하자 베스가 보란 듯이 흑우의 모습으로 변신했다.

그리고 거대한 몸집을 이끌고 맹렬하게 돌진하기 시작했다.

베스의 몸에서 흘러나오는 영기가 마기들을 몰아내었고, 적으로 빼곡한 이 전장에서 고속도로를 방불케 하는 널찍한 대로가 생성되었다.

베스뿐만이 아니었다.

"흐랴아아아아아ㅡㅡ!"

저 멀리서 들려오는 호쾌한 기합 소리.

에이든은 양손에 도끼를 든 채로 살벌하게 적들을 베어 나갔고, 이세민 씨는 손에서 에너지파를 방출하면서 효과적으로 적을 가루로 만들어 버렸다.

라파엘은…… 뭐, 예상했던 대로다.

파아아아앙ㅡ.

퍼어어어엉!

적들을 상대로 신무기들을 실험하고 있었다.

최상급 신성석을 이용해서 만들어 낸 대마기용 신무기들.

전장 곳곳에 신성력이 확산하기 시작했고, 사방에서 비명 소리가 들려왔다.

인간의 비명 소리.

마수들의 비명 소리.

진짜 지옥도 이런 지옥이 없다.

그러나 이 지옥 속에서도 저 높은 검은색 벽만큼은 굳건하게 버티고 있었다.

"그래, 저쪽도 기술 개발을 열심히 했다는 건가?"

나는 마수의 대가리를 주먹으로 날리면서도 열심히 그 흑색 벽을 분석했다.

마기를 차폐했던 그 특수 금속.

아무래도 저 벽은 그 금속의 성질을 이용해서 만든 벽인 듯했다.

라파엘과 토비의 공동 연구에 따르면 저 금속은 신성력에 대한 저항력을 보유하고 있었으니 말이다.

"길고 짧은 건 대봐야 알겠지."

우우우우웅-.

곧바로 성창 하나를 소환했다. 그리고 숨을 가볍게 들이쉰 다음, 있는 힘껏 벽을 향해 창을 날렸다.

피유우우우웅.

순간적으로 소닉붐을 발생시킬 정도의 속도로 날아가는 성창.

평범한 벽이었다면 단숨에 먼지로 만들 수 있을 만큼의 파괴력이 담겨 있었지만.

콰아아앙-!

벽의 일부만을 찌그러뜨릴 뿐, 벽을 완전하게 무너뜨리지는 못했다.

게다가 형상을 기억하는 기능까지 있는지, 손상 부위가 눈 깜짝할 사이에 수복된다.

"재밌네."

내 힘을 버티는 벽은 진짜 오랜만이다.

어떤 식으로 만든 건지는 몰라도, 나름 야심 차게 준비한 벽인 듯했다.

그래도 나름 이곳이 핵심 거점은 핵심 거점이라는 건가?

내가 신성 창에도 기스가 나지 않는 벽을 가만히 바라보고 있을 때쯤, 귓가에 익숙한 목소리가 울려 퍼졌다.

드디어 나를 보러 와 줬구나, 사랑스러운 교황. 이곳에서 너를 기다리느라 내 몸이 얼마나 달아올랐는지 알아? 빨리 내 몸을 식혀 줘.

음욕의 마왕, 릴리스의 목소리.

나는 그 목소리에 반갑게 화답했다.

"벨페고르랑 바알이 소멸한 건 확인했지? 이제 너희들 차례야."

흐으음, 벽도 못 뚫는 주제에 혓바닥이 기네? 나한테 빌어. 제발 문을 열어 달라고. 나는 교황을 사랑하니까, 그 정도 부탁은 충분히 들어줄 수 있어.

릴리스가 지금은 꽤 여유가 있나 보다.

저 녀석이 저렇게 말하는 걸 봤을 때, 나름대로 만반의 준비를 해 둔 것 같다.

하긴, 마왕이 둘이나 모여 있으니 자신이 있을 법도 하지.

하지만 나는 씨익 미소를 지으면서 벽을 바라보았다.

우리 교황님 좀
말려 주세요

지난번에 새롭게 획득했던 권능을 사용하기에 딱 적합한 기회였다.

"형성."

내 몸에서 회색빛의 신성력이 흘러나갔다.

그리고 잠시 후, 우리 앞을 가로막고 있던 검은색 벽의 일부가 '지워졌다'.

나는 벽 너머로 드러난 난징 시내를 바라보면서 비릿하게 입꼬리를 올렸다.

그리고 어디선가 나를 지켜보고 있을 릴리스를 향해 속삭였다.

"보채지 마. 안 그래도 집어삼켜 줄 거니까."

⁂

검은색 장벽을 넘어서 도시 내부로 진입했다.

수많은 사람들이 모여서 생활했을 거대한 도시.

한때는 활기가 넘치는 도시였을 테지만, 지금 눈앞에 펼쳐진 것은 죽음뿐이었다.

도시 곳곳에 널브러져 있는 시체들.

시체를 파먹고 있는 구울들.

그리고 그 시체들로부터 언데드를 일으키는 네크로맨서들.

시야를 가득 메우는 죽음의 군대가 나를 향해 몰려들기 시작한다.

콰아아아아—.

하늘에서는 본 드래곤 다섯 마리가 날아다니면서 산성 브레스를 쏘아 보낸다.

마기와 산성이 뒤섞인 브레스들.

폐허가 된 도시 위에 죽음의 군대들이 질주한다.

그 사이사이에서 마기에 영혼까지 넘겨 버린 각성자들이 저마다의 스킬들을 시전한다.

"지랄들을 하세요."

나는 나를 향해 해일처럼 몰려드는 적들을 바라보면서 비릿하게 입꼬리를 올렸다.

지옥이나 다름없는 이곳.

"김시우만 죽이면 위대한 분께서 더 높은 곳을 약속하셨다!"

"더 큰 힘을 위해서!"

"죽어라!"

가장 먼저 내 앞에 도달한 놈들은 다름이 아닌 플레이어들이었다.

마기에 뇌까지 잠식당한 자들.

영혼까지 오염당해, 더 이상 갱생이라는 게 불가능한 놈들이었다.

우리 교황님 좀
말려주세요

나는 가장 앞에서 검을 들이미는 녀석의 머리를 손으로 잡았다.

녀석이 휘두르는 검은 내 몸에 기스조차 내지 못했다.

내 몸에 닿는 순간 먼지처럼 흩어져 내렸을 뿐.

"이게 다 네 업보야."

녀석의 머리를 손으로 으깨 버렸다. 그리고 대가리를 상실한 녀석의 시체를 곧바로 뒤의 각성자들을 향해 던졌다.

그러자 볼링 핀처럼 쓰러지는 각성자들.

나는 신성력을 전력으로 방출하면서 앞으로 달려 나갔다.

콰지지지직-.

액티브 스킬 〈신성 돌격 Lv. Max〉를 사용합니다!
신성력이 당신의 몸 주위에 강력한 방어막을 생성합니다! 그 누구도 당신의 돌격을 막아 낼 수 없습니다!

바닥에 쓰러진 각성자들의 몸이 풍선처럼 터져 나갔다.

그 모습을 본 다른 각성자들이 얼음처럼 제자리에서 몸이 굳는다.

마기조차 압도적인 공포 앞에서는 마비되는 거다.

나는 마기 사용자들의 완벽한 천적.

최상위 포식자 앞에서 피식자들이 공포에 질리는 것은 당연한 섭리였다.

—폭격 유도 성공. 1분 뒤 미사일 착탄합니다. 곧바로 다른 이레귤러들과 함께 전장 합류합니다.

슈트에 내장되어 있는 통신기기를 통해 라파엘의 목소리가 울려 퍼졌고, 뚫린 장벽 사이로 다른 이레귤러들이 하나둘씩 모습을 드러냈다.

끼야아아악!

카아아악!

허공에서 활개 치던 본 드래곤들 중 한 마리가 지상으로 추락했다.

루돌프가 본격적으로 난징의 제공권을 확보하기 시작한 것이다.

"시우."

온몸에 피를 뒤집어쓴 에이든이 어느새 내 뒤로 합류한다.

나는 에이든과 가볍게 등을 맞대면서 말했다.

"좀 늦었네?"

"메뉴가 너무 다양해서 행복해 미칠 지경이야. 그래서, 이전투는 언제쯤 끝나지?"

"마왕 두 놈만 딱 제거하면 된다."

"한 가지 더 묻고 싶은데, 그 릴리스라는 마왕. 이쁜가?"

"예쁘기야 하지. 보는 것만으로도 사람을 매혹해."

그러자 에이든이 은근한 목소리로 묻는다.

"꼭 죽여야만 하나?"

"너한테는 죽은 아내밖에 없다며?"

"아무래도 내가 신사라서, 여자를 때리는 건……."

"여자가 아니라 음욕의 마왕이야. 그럼 릴리스는 내가 처리할 테니까, 너는 마룡왕을 맡아라. 혼자서는 살짝 버거울 수도 있어. 이세민 씨를 데려가."

호랑이도 제 말하면 온다고.

콰아앙-.

이세민 씨가 하늘에서 뚝 떨어진다.

그는 데스 나이트 한 마리를 완충제 삼아 성공적으로 바닥에 착지했다.

"교황님, 좀 늦었습니다."

"딱 맞춰 왔어요."

이번 전투에서 우리가 공략해야 하는 대상은 릴리스와 마몬 둘이다.

난징의 마기를 통제하고 있는 두 마왕.

그나마 다행인 건, 그 두 마왕의 사이가 좋지 않기 때문에 녀석들이 도시를 양분하고 있다는 것이다.

릴리스가 서쪽, 마몬이 동쪽.

나는 건틀릿에 신성력을 불어 넣으면서 말했다.

"이세민 씨는 시안에서 루시퍼를 한번 상대해 봤었죠?"

"예."

"그놈보단 살짝 약할 겁니다. 에이든과 루돌프, 그리고 라

파엘까지 붙여 드릴 테니 확실하게 처리해 주세요. 그리고
이거."

주머니에 넣어 두었던 봉인 장치를 이세민에게 건네주었
다.

최상급 신성석을 이용해서 만들어 낸 특수 봉인석.

마왕의 영혼이 도망치는 것을 일정 시간 동안 방지해 주는
봉인석이었다.

"녀석을 무력화시킨 다음, 몸에다가 이 돌을 꽂아 넣으면
화신체를 버리지 못할 겁니다."

"알겠습니다. 그런데 릴리스 쪽은 교황님 혼자서 가능하
겠습니까?"

"천적이잖아요. 걱정하지 마세요. 그리고 마몬 쪽이 난이도
가 조금 더 높습니다. 그래서 이레귤러 셋을 붙이는 거예요."

마룡왕 마몬은 수하들 하나하나가 다른 마왕들에 비해서
강력한 힘을 보유하고 있다.

특히 저 본 드래곤들.

하나하나가 재앙이라고 부르기에 충분한 놈들이다.

"빠르게 처리합시다."

본대가 이곳에 도착하기까지 남은 시간은 4시간.

그나마 다행인 건, 릴리스만 제거한다면 본대가 활약할 수
있는 여지를 높일 수 있다.

우리끼리 이 넓은 도시를 짧은 시간 안에 정리하는 것은

사실상 불가능하다.

결국, 난징을 완벽하게 정리하기 위해서는 본대까지 합류해야 한다는 뜻.

그 전까지 저놈들의 우두머리만 제거할 수 있다면, 본대의 피해를 최소화할 수 있을 것이다.

나는 다시 한번 신성력을 끌어올리면서 말했다.

"처리가 끝나면 라파엘을 통해서 저에게 연락을 넣으세요. 이쪽이 빨리 끝나면 곧바로 합류하겠습니다."

"예."

"이따가 다시 봅시다."

그렇게 나는 서쪽, 나머지 이레귤러들은 동쪽.

난징에 두 개의 전선이 형성되었다.

본격적인 마왕 사냥이 시작되었다.

꙼

패시브 스킬 〈신성 보호 Lv.Max〉가 강력한 정신 간섭을 방어합니다!

항상 몽마 놈들을 상대하면서 느끼는 거지만, 개개인의 전투력 자체는 정말 볼 것 없다.

이렇다 할 갑옷 없이 나체로 돌아다니는 것부터 시작해서, 마족치고는 굉장히 약한 전투력.

적자생존이 기본 패시브라고 할 수 있는 마족들 사이에서도 유난히 약한 게 바로 저 몽마들이다.

에덴에서는 서큐버스, 인큐버스라고 불렸던 놈들.

그럼에도 불구하고 저 몽마들은 등장했다 하면 엄청난 사상자를 발생시켰다.

"항마력이 약한 인간이라면 넘어갈 수밖에 없지."

누가 보더라도 아름다운 외모.

거기에 음욕을 끓게 하는 마기에 노출되면, 아무리 이성에 관심이 없는 사람이라고 한들 정신을 놓게 된다.

하지만 딱 거기까지.

만약 상대가 나처럼 항마력이 높다?

그렇게 되면 몽마들은 그냥 '그저 그런 마족'에 불과하다.

바로 지금처럼.

콰드득.

"릴리스, 어디에 있어?"

나는 손에 묻은 서큐버스의 피를 털어 내면서 빠르게 앞으로 달려 나갔다.

도시의 서쪽으로 다가갈수록 릴리스의 마기가 강력하게 느껴진다.

하늘의 색도 변화한다.

이 공간 전체가 마왕의 사악한 흑마술에 사로잡힌 듯, 붉은빛의 하늘이 펼쳐져 있다.

그놈을 죽여.

귓가에 계속해서 릴리스의 목소리가 울려 퍼진다.

그리고 곳곳에서 릴리스에게 매혹된 각성자들이 걸어 나온다.

릴리스와 가까워질수록 더욱 강한 각성자들이 나를 향해 달려들었다.

도시의 초입에서 마주했던 각성자들 대부분이 B급 수준이었던 것과 다르게, 여기서부터는 최소 A급, 최대 S급의 각성자들까지 출현하고 있었다.

사람이 원체 많았던 도시답게 각성자들의 숫자도 상상을 초월한다.

"차라리 좀비 새끼들이 낫지."

위력적인 공격들은 없었지만, 확실히 나를 귀찮게 할 수준까지는 된다.

게다가 마기 사용자들만 있는 게 아니라 마력 사용자들도 다수 섞여 있었다.

마기를 받아들이진 않았지만 릴리스의 매혹에 넘어간 각성자들.

매혹에서 벗어나게 해 주면 언제든지 정신을 차릴 수 있는 사람들도 제법 보였다.

"미안합니다."

릴리스에게 매혹된 이상, 그들을 돌려세울 수 있는 것은 딱 한 가지뿐이다.

릴리스를 제거하고 신전으로 데려가 치료해 주는 것뿐.

그래서 마력 사용자들은 딱 목숨이 끊어지지 않는 선에서 무력화시키는 중이다.

하나하나 가려서 무력화시키는 게 꽤 까다롭긴 하다만은, 그래도 아예 불가능한 것까진 아니었다.

"슬슬 나와, 릴리스."

이 지옥과도 같은 장면은 아마 릴리스의 목을 뽑기 전까지는 달라지지 않을 것이다.

나는 계속해서 앞으로 달려 나갔다.

그렇게 얼마나 시간이 흘렀을까?

"또 이딴 걸 만들어 뒀네."

곧 촉수로 만들어진 거대한 조형물 하나를 마주할 수 있었다.

거대한 빌딩 두 채 사이.

빌딩들을 기둥 삼아 선홍빛 촉수들이 거미줄처럼 펼쳐져 있었다.

이미 저것과 비슷한 조형물을 에덴에서 본 적이 있다.

"음욕의 요람."

릴리스의 요새라고 부를 수 있는 것.

인간의 음욕을 형상화한 촉수들을 통해 만들어 내는 요새.

쿵–쿵–.

음욕의 요람은 인간의 심장처럼 고동하면서 꿈틀거렸다.

기괴한 생김새를 자랑하는 조형물이었으나, 항마력이 약한 이들은 저것을 보는 것으로도 엄청난 음욕에 사로잡힌다.

릴리스가 지닌 능력의 정점이라고 부르기에 충분했다.

스르르르륵–.

이 순간에도 음욕의 요람은 사방으로 촉수를 뻗는다.

존재 자체가 강력한 흑마술.

요람에서는 쉴 새 없이 몽마들이 태어나고 있었다.

나의 사랑스러운 교황.

릴리스의 목소리가 사방에서 울려 퍼졌다.

그리고 그와 동시에 음욕의 요람이 거세게 꿈틀거렸다.

거대한 마기가 소용돌이치듯 요람으로 빨려 들어갔고, 곧 요람 안에서 한 여자가 모습을 드러냈다.

실오라기 하나 걸치지 않는 나체.

그러나 그녀의 등 뒤에 자리 잡은 거대한 날개는 그녀가 몽마라는 것을 증명한다.

선홍빛의 눈동자.

지난번에 본 릴리스의 화신체와는 전혀 달랐지만, 그때의 화신체보다 더욱 강력한 마기를 뿜어내고 있었다.

"준비 꽤 많이 했네."

저 정도면 에덴에서의 릴리스, 그 이상이었다.

정화자 놈들의 전폭적인 지원이 있었던 걸까?

릴리스가 보유한 마기의 양은 내 예상을 가볍게 벗어나는 수준이었다.

릴리스는 날개를 퍼덕이면서 천천히 하늘 위로 떠올랐다.

"사랑스러운 자기를 상대하는데, 준비를 제대로 해야지. 내가 있는 곳으로 직접 찾아와 줬잖아? 실망시켜서는 안 되는 거야."

그녀의 육성이 울려 퍼진다.

"지금까지는 내가 매번 찾아갔었는데…… 이렇게 직접 찾아와 줄 줄은 몰랐어. 내 모습 어때? 좀 아름다워? 교황 너와 비슷한 인종이잖아."

요람의 촉수가 릴리스의 몸 곳곳을 관통한다.

꿀럭.

촉수는 릴리스의 몸에 양분을 공급하듯, 마기를 계속해서 불어 넣는다.

나는 그 모습을 바라보며 눈살을 찌푸렸다.

"비슷한 인종이라니, 내 고향 사람들이 들으면 싫어할걸."

"아, 그래? 내가 지구의 역사는 잘 몰라서."

"좀 배워 두지 그랬냐."

"왜?"

"네 마지막이 될 세계인데, 그 정도 성의는 보여야지."

"흐으으음. 그런가?"

릴리스의 몸에서부터 느껴지는 마기가 더욱 강력해진다. 그리고 그에 따라 그녀로부터 느껴지는 〈격〉 역시 강해진다.

릴리스는 나를 내려다보면서 말했다.

"교황, 그런데 너답지 않게 왜 기다려 주는 거야? 원래는 발정 난 개 새끼처럼 달려들었잖아. 그 저돌적인 자세가 난 참 좋았는데…… 사람이 좀 바뀌었네?"

"과일이 익을 때까지 기다리는 거야."

"과일이 익어?"

이왕 저 녀석의 격을 잡아먹을 거, 최대한으로 키워서 잡아먹으면 맛있잖아?

나는 비릿하게 입꼬리를 올렸다.

그리고 내 웃음을 본 릴리스 역시 나를 따라 웃었다.

"좋아하니 다행이네. 오늘에야말로 교황 너를 내 노예로 만들어 줄게. 걱정하지마. 영원에 가까운 시간을 나에게 봉사하게 해 줄 테니까!"

마침내 요람으로부터 최대한의 마기를 흡수한 릴리스가 촉수를 떼어 냈다.

그리고 그녀는 가볍게 손가락을 튕겼다.

파아아앗-.

그러자 주위의 모든 것이 바뀌었다.

반쯤 무너진 난징의 모습은 순식간에 사라졌고, 나는 붉은
색 평야 위에 서 있었다.

내 정신 방어를 뚫는 강력한 환각.

릴리스는 붉은색의 평야 위에서 나를 내려다보았다. 그리
고 욕망으로 가득 찬 목소리로 나에게 속삭였다.

"내 꿈속에서 영원히 쾌락에 파묻히는 거야."

릴리스와의 지긋지긋한 악연을 끝낼 시간이 찾아왔다.

"잘 먹겠습니다."

나는 웃으면서 릴리스를 향해 달려들었다.

❧

릴리스가 만들어 낸 환각에는 모두 질량이 있었다.

내가 지난번에 잡아먹은 고대 신이 그러했듯, 마왕 역시
격에 도달한 존재답게 현실 조작이 가능하다.

에덴에서는 릴리스의 힘이 어떤 식으로 작용하는지 잘 몰
랐지만, 격에 도달한 지금에서는 저 천박한 몽마가 어떤 힘
을 사용하는지 쉽게 알아차릴 수 있었다.

환각을 뛰어넘은 창조.

이 환각은 또 하나의 현실이었다.

릴리스는 다른 마왕들과는 달리 정신계에 특화되어 있던
마왕.

어쩌면 그녀가 이런 힘을 개방하게 된 건 필연적인 일이었을지도 모른다.

"이제는 다 보여."

릴리스는 그 환각 너머에 숨어 있었다.

본인의 모습을 환각 뒤에 숨긴 채, 끝없이 하수인들을 소환한다.

하수인들의 복장은 다양했다.

지구인이 틀림없이 보이는 각성자들뿐만이 아니라…….

"에덴의 용사들."

에덴에서 나와 함께 싸웠던 전우들까지.

리멘 교단의 문장이 새겨진 갑옷을 입은 성기사들과 기사들, 그리고 마법사들 등.

익숙한 존재들이 생전의 모습 그대로 소환된다.

"죽어서도 내 매혹을 벗어나지 못한 사람들이야. 어때? 마음에 들어? 한때 같이 싸웠던 전우들이잖아."

릴리스의 목소리가 귓가에 울려 퍼진다.

바로 옆에서 속삭이는 듯한 목소리였다.

그녀는 이곳의 모든 것을 통제하려고 들었다. 내 감각까지 포함한 모든 것들을 농락하려는 듯했다.

"교황, 너도 힘 빼지 말고 저들과 나란히 서는 게 어때? 너라면 언제든지 자리를 비워 줄 거야."

"재밌네. 이게 전부야?"

"너무 여유로운 거 아니야? 네가 아무리 신격에 도달했다고 하더라도, 나는 이미 한참 전에-."

파지지지직.

나는 손에 신성력을 가득 불어 넣으면서 입꼬리를 비틀었다.

릴리스는 몸을 감췄지만, 이 세계에서 사라진 게 아니다.

그저 뒤에 숨어 있을 뿐.

예전에는 이 환각 때문에 꽤 고전했지만, 지금은 고전할 이유가 없었다.

파지지지직-!

"힘으로 찍어 누르면 돼."

고대 신에 이어 마왕 둘의 격까지 모조리 흡수한 이상, 릴리스의 격은 나보다 높지 않다.

격이 차이 나는 게 어떤 느낌일지 궁금했었는데, 이제야 정확하게 알 수 있을 것 같다.

"말도 안⋯⋯."

"돼."

아무것도 없는 허공이 유리창처럼 깨져 나갔다. 그리고 그 너머에서 릴리스의 목덜미가 드러났다.

나는 그녀의 목덜미를 주저 없이 움켜쥐었다.

그리고 있는 힘껏 내 쪽으로 끌어당겼다.

쩌저저적-.

허공에서 균열이 퍼져 나갔다. 환각들이, 나를 향해 달려 들던 자들이 산산이 부서졌다.

"꺄아아아악!"

마침내 릴리스의 몸이 전부 드러났다.

릴리스는 거칠게 마기를 방출하면서 나로부터 벗어나려 했지만, 고작 그 정도 마력으로 바꿀 수 있는 건 아무것도 없었다.

"내가 말했지? 잡아먹어 주겠다고."

손을 뻗어 릴리스의 왼쪽 날개를 붙잡았다.

그리고 우악스럽게 날개를 찢어 버렸다.

부우우우욱-!

릴리스의 날개가 천 쪼가리처럼 찢겨 나갔고, 릴리스의 입에서 다시 한번 비명이 터져 나왔다.

"꺄아아아악!"

릴리스의 환각은 군단 하나를 전멸시킬 수 있을 정도로 위협적이었으나, 그건 어디까지나 환각이 통했을 때의 이야기다.

"너는 학습 능력이 없는 게 문제야."

"내, 내 격을 어떻게?"

"무명이 너한테 따로 언질을 안 줬냐? 무명, 그놈은 미리 알고 있었을 텐데……. 뭐, 그 새끼한테도 생각이 따로 있겠지."

"이렇게 뺏길 순 없어. 안 돼. 내가, 내가 어떻게 다시 살아났는데!"

"그건 네 사정이고."

나는 릴리스의 오른쪽 날개마저 찢어 버렸다.

그리고 그와 동시에 내 회색빛 신성력이 릴리스의 몸 안으로 흘러 들어가기 시작했다.

우우우웅-!

바알과 벨페고르에 비해 상태가 좋았던 탓인지 릴리스의 반항이 꽤 드셌다.

그녀는 몸을 버둥거리면서 소리쳤다.

"살려 줘! 시키는 대로…… 시키는 대로 다 할게, 응? 교황. 네가 개가 되라면 개가 되고, 그, 그래! 내 몸이 필요하다면 언제든지 줄게. 응?"

"말은 그렇게 하면서 손톱은 꽤 솔직하네?"

치이이익.

릴리스의 기다란 손톱 끝에 맺혀 있던 독액이 바닥에 떨어졌다.

순식간에 부식되는 대지.

스치기만 해도 뼈와 살을 녹여 버리는 흉악한 맹독이었다.

나는 이번에는 녀석의 손을 뭉개 버렸다.

부러진 릴리스의 손톱이 제 살에 박혀 들어갔고, 곧 자신의 살을 녹여 버린다.

릴리스는 어디까지나 화신체에 강림한 상태.

따라서 그녀의 몸은 완전한 마왕으로서 개화하지는 못했다.

"꺄아아아악! 응? 제, 제발. 내 격만큼은 빼앗아 가지 말아 줘. 네 노예가 될게! 시키는 대로 다 할게! 무명…… 무명 그 새끼의 목을 잘라다가 네 앞에 바칠게!"

에덴에서 릴리스의 목을 꺾어 버렸을 때가 떠오른다.

그때의 릴리스는 이 정도까지 비굴하지는 않았다.

마지막까지 집단 매혹을 걸어 버리면서 발악을 했었지 아마?

그랬던 그녀가 이렇게까지 비굴해진 이유는 쉽게 짐작이 갔다.

"죽는 게 진짜 무서워?"

영원한 소멸.

재기의 가능성도 없는 처참한 최후.

릴리스는 나에게 격을 모두 강탈당하면 어떤 최후를 맞게 될지 본능적으로 직감하고 있나 보다.

"죽여! 당장 이 새끼 죽여!"

최후의 발악이 시작되었다.

릴리스가 소리를 지르자마자 다시 한번 바닥에서 셀 수 없이 많은 존재들이 몸을 일으켰다.

그러나 그것도 잠시.

파드드득─.

그 환각들이, 더 나아가 이 세계 전체가.

바깥으로부터 무너져 내리기 시작했다.

붉은색 평야 위로 난징의 풍경이 덧입혀졌고, 하늘에서는 붉은색 점액질들이 흘러내렸다.

나는 릴리스의 붉은색 눈동자를 들여다보며 말했다.

"지금 기분이 어때?"

릴리스의 세계가 처참하게 부서져 내린다.

한때 여러 세계를 공포에 몰아넣었던 몽마의 여왕이 왕좌에서 쫓겨났다.

그녀는 이제 더 이상 여왕 따위가 아니다.

보잘것없는 서큐버스일 뿐이지.

나는 릴리스의 목을 움켜쥐고 있던 손에 강하게 힘을 불어넣었다.

그리고 웃으면서 말했다.

"네 추잡한 음몽은 여기서 끝이야."

"살─."

파스스스.

마침내 릴리스의 몸이 먼지처럼 흘러내렸다.

눈앞에 격이 상승했다는 메시지창이 셀 수 없이 많이 떠올랐다.

릴리스가 사라지자마자 그녀가 이 공간에 걸어 두었던 모든 환각이 해제되었다.

빌딩 사이를 좀먹고 있던 '요람'도 소멸했으며, 그 '요람'의 마기에 의해 끝없이 매혹당하고 있던 각성자들의 눈에 총기가 돌아오기 시작했다.

나는 제정신으로 돌아온 다른 각성자들을 바라보면서 가볍게 숨을 뱉어 냈다.

릴리스의 마지막 악몽은 그렇게 끝이 났다.

오랜 세월 동안 많은 이를 죽음으로 몰아넣었던 악몽의 비참한 최후였다.

⚜

릴리스를 정리한 직후, 나는 곧바로 마몬이 있는 곳으로 향했다.

릴리스의 매혹으로부터 벗어난 생존자들은 한곳에 뭉쳐서 주변을 정리하라고 지시를 내려 두었다.

처음에는 정신을 못 차리는 사람들이 대부분이었지만, 그래도 상황이 상황이니만큼 빠르게 정신을 차렸다.

그래서 그들에게 본대가 도착할 때까지만 잘 버티라고 했다.

릴리스가 소멸하면서 난징 서쪽에 위치한 적들의 전력이 대폭 약화되었으니 크게 걱정할 필요는 없을 것이다.

콰우우우우-.

난징 동쪽에 다가서자마자 거친 포효성이 사방에 울려 퍼졌다.

강력한 마기가 담겨 있는 드래곤 로어.

저 정도의 드래곤 로어를 내뿜을 수 있는 용족은 아마 지구상에 한 놈뿐일 것이다.

탐욕의 마왕이자 마룡왕이라고 불리는 마몬.

"궁지에 몰렸군."

드래곤 로어를 통해서 마몬이 어떤 기분인지가 절절하게 전해져 왔다.

당혹감, 두려움이 반반 섞인 드래곤 로어.

릴리스와 마찬가지로 에덴에서의 힘을 완전히 회복한 듯 보였지만, 막상 현장에 도착해서 상황을 보니…….

"크하하! 시우! 벌써 끝내고 왔나? 이거 참 면목이 없어. 하지만 걱정하지 마라! 곧 끝난다!"

마몬이 어째서 두려움에 질려 있는지를 깨달을 수 있었다.

마왕은 쉽게 공포를 느끼지 않는다.

특히, 마몬은 개별적인 전투력만큼은 릴리스와 비교할 수 없을 정도로 강력하다.

마왕 중에서도 전투력은 세 손가락 안에 드는 수준.

하지만 그런 마몬이.

콰우우우우우!

처절하게 울부짖는다.

마룡왕이라는 칭호에 걸맞게 마룡의 모습으로 이레귤러들과 전투를 벌이고 있었으나, 이미 이세민과 에이든이 마몬의 몸체 위에 올라타 있는 상태였다.

그 둘이 마몬의 몸 위에서 하는 짓이라곤 뻔하다.

철저한 파괴.

마몬의 거대한 날개 곳곳에 구멍이 뚫려 있었으며, 전신에서 푸른색 피가 흘러내리고 있었다.

마몬이 자랑하는 드래곤 수하들?

-빨리 오셨군요.

-교황! 나 잘하고 있지?

본 드래곤 수십 마리가 루돌프와 라파엘에게 철저하게 봉쇄당하는 중이었다.

"얼마든지 재생해라! 재생한 만큼 찢어발겨 주마!"

에이든이 광소를 터뜨리면서 마몬의 몸에 도끼를 내려찍는다.

하찮은 인간들이이이이이이이!

마몬이 괴성을 내지르면서 에이든과 이세민을 몸에서 떨궈 내려 했으나, 둘은 개의치 않으며 마몬의 몸으로 파고들어 갔다.

나는 허공에서 발악하는 마몬을 향해 천천히 다가갔다.

"꼴 좋네, 마몬. 지구에서는 처음인가? 잘 지냈지?"

교화아아아아앙!

나를 발견한 마몬이 거칠게 울부짖었다.

잔뜩 충혈된 거대한 눈동자에서는 쉴 새 없이 피눈물이 흘러내린다.

콰아아아아앙-!

본대 쪽에서 발사한 천벌 미사일이 라파엘의 유도에 따라 마몬의 몸체에 정확하게 적중했다.

미사일이 터질 때마다 드래곤 스케일이 찢겨 나갔고, 야들야들한 속살이 드러났다.

그리고 라파엘은 그 틈을 놓치지 않고 드러난 살에 광자포를 비롯한 살상 무기들을 처박는다.

천박한 릴리스는 도대체 언제 온단 말이냐!

"아, 릴리스? 내가 맛있게 잡아먹었지."

뭐?

"놀라지 마. 너도 곧 내 배 속으로 들어갈 거니까, 거기에서 만나면 돼."

이레귤러들은 내가 생각하는 것 이상으로 잘해 주고 있었다.

딱 내가 주문한 대로 요리를 해 뒀다.

노릇노릇하게 잘 익었달까?

내 동료들이 나를 위해 성대한 만찬을 마련해 줬으니, 맛있게 먹어 주는 게 인지상정이지.

나는 마몬의 몸 위에서 마음껏 파괴 욕구를 발산하고 있던 에이든과 이세민을 향해 소리쳤다.

"이제 슬슬 내려와!"

그러자 에이든이 큰 소리로 대답했다.

"어떻게 내리면 되나?"

"그냥 날개 뜯어 버리면 돼! 이세민 씨도 아시겠죠?"

내 지시에 따라 그 둘은 동시에 마몬의 양쪽 날개를 향해 몸을 날렸다.

이세민 씨는 허공에서 푸른빛의 대검을 소환했고, 에이든은 도끼에 자신의 투기를 잔뜩 불어 넣었다.

부우우우우우욱!

집채만 한 마몬의 날개가 위에서부터 찢겨 나갔다.

마몬은 잽싸게 마기를 불어 넣으며 재생을 시도했지만, 그것을 가만히 두고 볼 생각은 없었다.

"순순히 내려와."

신성력을 쏘아 보내서 녀석의 마기를 흩트려 버렸다. 그리고 마몬이 스스로에게 걸어 둔 비행 마법도 해제했다.

그러자 높이 떠올라 있던 마몬의 거대한 몸체가 추락했고.

쿠우우우웅!

눈 깜짝할 사이에 마몬은 지상으로 굴러떨어졌다.

자욱한 먼지구름이 피어오른다.

나는 그 먼지구름 속으로 주저 없이 뛰어들었다.

교화아아아아아앙!

먼지구름 속에서 마몬의 노란색 눈동자가 번뜩였다.

그리고 엄청난 크기의 검은색 불덩이가 나를 향해 날아들었다.

대지마저 증발시키는 끔찍한 흑마법.

나는 기꺼이 그 흑마법을 정면으로 돌파했다.

패시브 스킬 〈신성 보호 Lv.Max〉가 사악한 흑마법을 무효화합니다.

다 죽어 가는 놈이 발악해 봤자 얼마나 발악하겠어?

죽어라, 교황.

순식간에 먼지구름이 걷혔고, 그 너머로 아가리를 쩍 벌리고 있는 마몬이 보였다.

녀석의 아가리에 대량의 마기가 모여들고 있었다.

브레스.

이 거리에서 브레스를 발사하면 자신도 무사하지 못할 텐데도 녀석은 기꺼이 아가리를 벌린다.

하지만 나는 가볍게 뛰어올라서 녀석의 아가리를 짓눌렀다.

그리고 마몬의 눈동자를 들여다보면서 말했다.

"웃어, 죽을 때라도 웃어야지."

잠시 후.

콰아아아아아아아앙-!

마몬의 브레스가 자신의 입 안에서 폭발했다.

제발 숨 좀 고르자

본대가 합류했다.

"성하, 난징 정화 작업을 시작하겠습니다."

"마왕들이 소멸했으니까 다들 오합지졸이나 다름없어. 도시가 너무 커서 한 번에 정화는 힘들거든. 우리 진입로부터 정화하고…… 아, 본 드래곤 사체 보이지?"

"네."

"사제들 중에서 정화에 재능이 있는 애들 따로 빼서 저것부터 정화해 봐. 정화만 잘하면 꽤 쓸 만한 재료들이 될 거야."

"좋죠."

나는 루나와 레오에게 빠르게 지시를 내리면서 상황을 정리해 나갔다.

내 발밑에는 반쯤 함몰된 마몬의 대가리가 있었다.

그 모습을 본 루나가 가볍게 마몬의 대가리를 걷어차면서 말했다.

"화끈하게도 하셨네요. 이거 어떻게 한 거예요? 안에서 터진 것 같은데……."

"브레스 뿜어낼 때 아가리를 강제로 닫아 버렸지. 대가리에서 터지더라."

"와, 진짜 아팠겠다. 릴리스는요?"

"완전하게 끝냈어. 이제 칠마왕이 아니라 이마왕이야."

"얘네 둘까지 해서 네 마리 아니었어요?"

"내가 죽인 건 네 마리. 무명, 그놈이 마왕 하나를 흡수했다더라."

릴리스와 마몬의 격을 흡수하면서 일부 기억 역시 흡수할 수 있었다.

그 기억은 나에게 아주 많은 정보를 제공했다.

이제 지구상에 남아 있는 마왕은 둘이다.

루시퍼, 레비아탄.

레비아탄은 원래부터 루시퍼의 충성스러운 개새끼였으니 넘어가도록 하고, 루시퍼는 모든 마왕들 위에 군림하는 최종 보스다.

이세민에게 한번 목이 잘려 나갔다고는 들었는데, 솔직히 지금 내 힘이면 루시퍼를 경계할 필요는 없었다.

최종 보스는 더 이상 루시퍼가 아니다.

무명, 그놈의 새끼지.

나는 마몬의 대가리를 축구공처럼 걷어찬 다음, 옆에서 가만히 나를 지켜보고 있던 루돌프와 베스를 향해 말했다.

"너희들 동료를 먹어 치운 거, 무명 짓이야."

그러자 베스가 땅이 꺼지도록 숨을 뱉어 냈다. 그리고 큼지막한 눈망울을 끔뻑거리면서 답했다.

-그놈에게도 너처럼 격을 흡수하는 능력이 있는 건가?

"아마도."

기억을 통해 엿본 무명의 능력은 정확하지 않다.

하지만 한 가지.

녀석은 마왕과 동등한 관계가 절대로 아니었다.

명백한 상하 관계였으며, 마왕들은 모두 녀석의 지시에 따랐다.

결국 그놈만 잡으면 정화자는 끝이 난다.

"그런데 문제가 하나 더 있어."

"뭔데요?"

"무명, 그 새끼 머릿속에 무슨 생각이 있는지 전혀 예측이 안 가."

지금까지 정화자의 영향력 아래에 있던 도시들이 빠른 속도로 해방되는 중이다.

우리뿐만 아니라 백명교에서도 적극적으로 나서고 있는

바람에, 중국 전역에 퍼져 있던 정화자의 제단이 굉장한 속도로 지워지고 있었다.

그럼에도 정화자 놈들은 별다른 반응조차 보이지 않는다.

마왕이라는 핵심 전력이 무려 넷이나 잘려 나갔음에도 불구하고 그 어디에서도 반격의 기미가 보이지 않는다.

이쯤 되면 불안하기까지 하다.

"에이든."

나는 내 옆에서 고량주를 들이켜고 있던 에이든을 불렀다.

폐허 속에서 고량주를 찾아냈다고 하던데, 술 하나만큼은 기가 막히게 찾는 놈이다.

"한 잔 줄까?"

"너 많이 드시구요, 유니온 쪽은 지금 어떻게 되고 있냐?"

"아아."

에이든은 고량주를 남김없이 들이켠 다음, 또 다른 고량주의 뚜껑을 개봉했다.

"멕시코, 콜롬비아에 위치한 거점을 다국적군이 타격 중이다. 우리 쪽의 이레귤러 하나랑 유럽 쪽의 이레귤러 둘까지 투입되었으니까 큰 문제는 없을 거야. 유니온은 더 이상 큰 위협이 되지 않아."

혼란한 시대는 계속된다.

다만, 그 혼란한 시대를 주도하는 세력이 점차 바뀌고 있다.

"미국 본토에서조차 신흥 종교들이 빠른 속도로 세를 확장하고 있다. 일반인들을 각성자로 만들면서 세를 확장하고 있어. 지금과 같은 시대에 각성자가 될 수만 있다면……."

"누구든지 빨려 들어가겠지."

"바로 그거야. 게다가 기존의 각성자들에게는 힘을 늘려 준다고 유혹을 한다더군. 전형적인 사이빈데, 또 실적이 있으니 사람들이 미칠 만해."

에이든은 그렇게 말하며 나를 흘긋 쳐다보았다.

마치 나보고 하는 소리 같잖아?

그래도 녀석들이 누구를 보고 벤치마킹을 하고 있는진 알 것 같았다.

"리멘 교단이라는 훌륭한 성공 사례가 있으니까, 사람들은 새로운 종교에 대한 거부감이 적어졌어."

"그러니까 그게 전부 내 탓이다?"

"그렇게 들렸다면 미안하고."

저 에이든 놈, 평소에는 대가리가 빈 것처럼 움직이기는 해도 속에 진짜 능구렁이 몇백 마리는 들어 있는 것 같았다.

에이든의 말이 맞다.

고대 신을 숭배하는 신흥 종교들이 이렇게나 빠르게 퍼져나가는 것에는 우리 교단이 신흥 종교들의 진입 장벽을 낮춘 영향도 있을 것이다.

부정할 수는 없었다.

"좋아, 이제 다음 계획은 뭐지?"

"처리해야 할 일이 몇 개 있어. 다음 목표 지점은 시안이고, 시안까지만 정리하면 정화자의 핵심 거점은 모두 사라질 거야. 즉, 중국 대륙에서 더 이상 정화자 놈들이 설 자리가 없어진다는 거지."

나는 폐허가 된 난징을 둘러보면서 고개를 끄덕였다.

무명 놈을 죽여야 전쟁이 끝나는 건 맞다만, 그놈이 쉽사리 나에게 기회를 내어 주진 않을 것 같다.

인간이라면 보통 이 넓은 땅덩이를 쉽게 내어 줄 생각은 못 한다.

중국이라는 거대한 땅.

모든 역사가 증명하듯, 이 땅을 통일하기 위해서 얼마나 많은 전쟁이 있었던가?

하지만 무명 그놈은 자신의 목적을 위해 얼마든지 가진 것을 내려놓을 수 있는 놈이다.

행보를 예측할 수 없는 놈.

그런 놈들이 세상에서 가장 위험하다.

에이든은 내 말에 고개를 천천히 끄덕였다.

"처리해야 할 일? 지금 이것보다 더 급한 일이 있나?"

"있지. 테러부터 막아야 해."

"테러?"

마왕의 기억으로부터 뽑아낸 정보 중에는 테러에 대한 정보도 있었다.

테러 예정 지역은 대한민국에 셋, 일본에 둘, 상해.

견제구를 자꾸 던진다는 것은 대놓고 시간을 끌겠다는 건데……

뭐, 어쩔 방법이 있나?

내 집에 불이 나는 건 일단 막아야지.

나는 전화기를 들면서 한숨을 내쉬었다.

※

상해 성지로 복귀한 후, 성지 간 통로를 통해서 서울로 향했다.

서울 성지에서는 내 연락을 미리 받은 이능관리부의 요원들과 강채아 씨가 미리 기다리고 있었다.

"오랜만입니다, 강채아 씨."

"오랜만에 뵙겠습니다. 그간 잘 지내셨습니까? 난징을 탈환했다는 소식을 들었습니다."

"항상 잘 지내고 있습니다. 아, 준영이 형이랑은 요새 잘…… 하하! 제가 오지랖을."

가끔 준영이 형이랑 문자를 주고받고는 하는데, 최근에 들어 다시 정식으로 사귀고 있다는 이야기를 들었다.

결혼을 전제로 만나고 있다던가?

내 말에 강채아 씨가 슬며시 웃으면서 고개를 끄덕였다.

"결혼식 날짜를 정하고 있습니다. 혹시 나중에 결혼식 때 주례를 맡겨도 되겠습니까?"

"사회가 아니라 주례요? 살짝 부담스럽……."

"교황님께서 축복을 해 주시면 좋을 것 같아 이리 말씀드렸습니다."

그 말에 나는 잠시 고민을 했다.

교황이 직접 주례를 해 준다라…….

썩 나쁘진 않은 그림이다.

그리고 강채아 씨는 대한민국의 대표 각성자 중 한 명이고, 준영이 형은 일본에서 현재 가장 주가가 높은 각성자니까 제법 양국 관계에도 괜찮을 것 같다.

이참에 주례가 아니라 다른 걸 권유해야겠다.

"결혼식을 저희 신전에서 하시죠."

"……그래도 되는 겁니까?"

"리멘께서도 굉장히 흡족해하실 겁니다. 날짜를 정하면 말씀해 주세요."

전쟁으로 어지러운 세상 속에서도 사랑은 꽃피는 법이지.

그나저나 강채아 씨가 저렇게 다양한 표정을 짓는 건 또 처음 본다.

사랑은 역시 사람을 바꾸는 건가?

그렇게 나와 강채아 씨는 간단하게 인사를 주고받은 후,

곧바로 헬기에 탑승했다.

헬기에는 내가 미리 부탁한 인원이 대기하고 있었다.

지난번에 우연히 마주쳤던 이능관리부의 강주원.

우리 교단의 선지자로서의 운명을 타고난 남자가 잔뜩 긴장한 표정으로 헬기에 앉아 있었다.

"안, 안녕하십니까!"

"교황님께서 부탁하신 대로 강주원 요원이 이번 작전에 동행합니다."

"이능관리부 긴급대응팀 소속 강주원이라고 합니다! 다시 만나 뵙게 되어 정말 영광……."

"다시 봐서 기뻐요."

"예?"

"기쁘다구요."

일본이 아니라 대한민국에 직접 들른 이유 중 하나.

바로 이 남자였다.

지난번에 서울에서 세계 각성자 국제교류전이 개최된 당시 일어났던 폭탄 테러.

그곳에서 처음 만났었지 아마?

나는 잔뜩 긴장한 강주원을 향해서 슬며시 말을 이어 갔다.

"따로 차 한잔 하자고 했던 것 같은데…… 왜 신전 안 들렀어요? 제 말이 농담처럼 들렸어요?"

"아, 그건……."

"농담입니다. 편하게 있으세요."

그래도 인상이 참 좋다.

이능관리부 소속 요원답게 몸이 근육질이기도 하고, 얼굴도 훤칠하고.

딱 마음에 든다.

특히, 저 근육은 우리 교단의 아이덴티티와 정확하게 부합한다.

승우, 시연이에 이은 세 번째 선지자.

이번 기회에 확실하게 도장 찍어 둬야지. 유선호 장관과도 미리 이야기를 해 뒀으니까, 우리 쪽으로 끌어오기만 하면 된다.

"그래, 동생분 건강은 괜찮습니까?"

라파르트 대주교로부터 전해 듣기로는 강주원의 여동생이 원인 불명의 불치병 때문에 투병 중이라고 했다.

그래서 우리 교단에서 신설한 병원으로 데려와 치료를 진행시키라고 지시를 내렸었다.

최상급 신성석을 아끼지 말고 치료에 투입하라고 했는데, 듣자 하니 경과가 아주 좋다던가?

다 알고 있었지만 예의상 한번 물어보았다.

그런데 강주원이 눈을 둥그렇게 떴다.

"그걸 어떻게……."

……모르고 있었나 본데?

라파르트 대주교에게 내가 지시를 내렸다는 걸 강주원이 모르게 해 달라고 하긴 했는데, 그걸 진짜 끝까지 지킬 줄은 몰랐네.

슬쩍 흘려 주기라도 하지.

"제가 강주원 씨에게 관심이 많다고 했잖아요? 당연히 알아야죠."

"그러면 여태까지 저희 세현이를 도와주셨던 게 전부 교황님이셨습니까?"

"인연인데 그냥 지나칠 수도 없어서…… 그렇게 됐어요."

아무렇지 않다는 듯 대답했다. 하지만 강주원에게는 그런 게 아니었나 보다.

여태까지 몸이 경직되어 있던 강주원이 곧장 내 손을 맞잡으면서 말했다.

"감사합니다. 정말, 정말 감사합니다. 교황님 덕에 세현이가!"

"오늘 작전 끝나고 저랑 같이 동생분 보러 가죠. 간 김에 커피도 한잔하고. 어떠세요?"

"당연히, 당연히 됩니다."

"좋습니다."

이따가 슬슬 꼬셔야겠다.

아주 높은 확률로 우리 교단에 투신해 주지 않을까?

나는 만족스럽게 고개를 끄덕인 다음, 부기장석에 앉아 있는 강채아를 향해 물었다.

"병력은 어느 정도 동원했습니까?"

"대테러전담팀부터 시작해서 이능관리부, 국방부 소속의 헌터 2백 명이 대기 중입니다. 전부 A급 헌터 이상입니다."

"만반의 준비를 해 두셨네요. 연락 넣은 지 얼마 안 되었는데…… 아, 자현이는요?"

"이미 부산에 도착했습니다."

대한민국에 테러가 예정되어 있는 도시는 총 세 곳이었다.

서울, 세종, 부산.

정화자 놈들은 내가 중국에 신경을 쏟는 사이에 나름대로의 지연책을 준비해 뒀던 거다.

이래서 청소는 주기적으로 해 줘야 한다니까?

내가 모르는 사이에 먼지가 쌓인다.

"대통령님은요?"

"교황님께서 경고를 한 즉시 세종시의 지하 벙커로 향하셨습니다. 혹시 모를 사태에 대비하여 대피 작업도 이루어지는 중이구요."

"좋네요."

나는 고개를 끄덕이며 주머니에서 작은 광석 하나를 꺼냈다.

흑마법이 내장되어 있던 마석.

우리 교황님 좀
말려 주세요

서울로 넘어오기 전, 이단심문관들을 통해 입수한 정화자의 테러 수단이었다.

이 마석은 상해 곳곳에 설치되어 있었는데, 이 마석에 걸려 있던 흑마법은 바로 역병이었다.

정확하게는 언데드 역병.

적의 후방을 교란하여 시간을 지연시키는 건 꽤 오래된 전술이긴 하다.

빠르게 현 상황을 해결하고 다시 중국으로 돌아가야 한다.

그래야 시안까지 빨리 밀어붙여서, 그 넓은 땅에서 정화자의 흔적을 모두 몰아낼 수 있을 테니까.

그래도 이번 건은 전쟁에 비해 그리 어렵지 않은 일이 될 거다.

……라고 생각했던 내가 밉다.

그때 플래그를 세웠으면 안 되는 거였는데…….

⚜

"리멘 교단의 해외 개입! 중지하라!"

"언제까지 남의 나라 전쟁에 의미 없는 피를 흘려야 하는가!"

"전쟁 중지하라!"

"중지하라!"

가장 먼저 처리해야 하는 것은 서울에 설치된 마석들이었다.

하지만 현장에 도착한 순간, 나는 현기증을 느낄 수밖에 없었다.

도대체 어떻게 알고 왔는지 시위대가 현장에 도착해서 열변을 토해 내고 있었던 것이다.

분위기가 꽤 심각했다.

"작전 구역입니다. 들어오시면 안 됩니다!"

"위험합니다!"

이능관리부 소속의 요원들이 서둘러서 시민들을 제지하고 있었지만, 시민들은 개의치 않고 시위를 이어 나갔다.

"리멘 교단 때문에 대한민국 국민들이 위험해진다!"

"김시우 교황은 반성하라!"

"반성하라!"

내 이름이 곳곳에서 튀어나온다.

시위대의 숫자는 30명 정도.

그들은 요원들 사이에 서 있던 나를 발견하더니 더욱 거세게 시위를 이어 나갔다.

……돌겠네.

차라리 마왕을 상대하는 게 더 편하지.

지난번에 인욱이가 말하기를, 대한민국 내부에서 반전 여론이 빠르게 확산되고 있다고 했다.

오늘 벌어지고 있는 이 시위 역시 그 반전 여론의 결과물일지도 모른다.

반전 여론은 충분히 이해할 수 있다.

다른 사람들이 보기에 중국 내전은 옆 나라의 내전일 뿐, 대한민국과 상관없다고 생각할 수도 있으니까.

정의?

정의는 공포 앞에서 힘을 잃을 때가 많다.

인류를 구원하기 위해서, 더 나은 미래를 위해서, 이런 명분들은 때론 치러야 할 희생 앞에서 그 의미를 상실할 때도 있다.

그렇기에 나는 국내의 반전 여론에 대해서 충분히 수긍할 수 있었다.

지금 내가 기분이 나쁜 건 그것 때문이 아니다.

시위야 당연히 할 수 있지. 우리 교단의 성지 내에서 반전 시위를 하겠다면, 얼마든지 허락해 줄 수 있었다.

진짜 문제는.

"우리가 이곳으로 올 걸 어떻게 알았냐는 거지."

정보가 어디에서 유출되었냐는 것.

서울, 세종, 부산.

세 곳 모두 오늘 내가 연락을 하자마자 급조된 팀들이었다.

정보가 새어 나갈 시간도 없었을 것이다.

하지만 저 시위대는 우리를 이곳에서 기다리고 있었던 것처럼, 우리가 도착하자마자 모습을 드러냈다.

이쯤 되면 몇 가지 가능성이 떠오르는데, 그 가능성 중 가장 확률이 높은 건 바로 이거다.

"정화자의 사주를 받았든가…… 아니면 정화자가 이쪽에 일부러 정보를 흘렸든가."

시위대로부터는 마기가 전혀 느껴지지 않았다.

완벽한 일반인들이란 소리다.

정화자 측에서 익명의 투서라든지 그런 방식으로 정보를 제공했을 가능성이 높았다.

"죄송합니다, 교황님. 저희 쪽의 대응이 너무 미흡했던 것 같습니다."

강채아가 나를 향해 고개를 숙이며 말했다.

나는 그런 강채아를 향해 가볍게 손을 내저었다.

"정부 쪽에서도 할 수 있는 게 딱히 없잖아요?"

"사전에 신고되지 않은 불법 시위……."

"괜찮습니다. 저걸 강제로 해산시켰다가는…… 저희나 정부나 피차 곤란합니다."

정화자 놈들이 움직이는 방식이 달라졌다는 게 느껴진다.

꽤 날카로운 노림수다.

녀석들로서도 손해 볼 게 없는 장사였다.

테러가 성공하면 큰 혼란을 줄 수 있고, 실패하더라도 여론전으로 끌고 가면 되니까.

우리 입장에선 여론을 마냥 무시할 수도 없는 노릇이다.

여론전에서 패배하게 되면 우리 전투원들의 사기도 떨어지거니와, 중국에 파견된 용병들의 사기까지 연쇄적으로 떨어진다.

쯧.

이번엔 우리가 허점을 제대로 찔려 버렸다.

"세종이나 부산은 지금 어떻답니까?"

내 질문에 강채아가 작게 한숨을 내쉬면서 답했다.

"이곳과 비슷한 상황입니다."

"냄새가 나네요."

하여간에 정화자 이 새끼들, 사람 귀찮게 하는 데는 선수라니까.

나는 한숨을 푹 쉰 다음, 천천히 시위대를 향해 다가갔다.

그러자 시위대의 리더로 보이는 남자가 확성기에 입을 가져다 댄 채로 소리쳤다.

"언제까지 무의미한 피를 흘릴 셈입니까! 당신을 향한 국민들의 성원을 이렇게 짓밟아도 되겠습니까!"

그는 나를 똑바로 바라본다.

그의 얼굴에서 거짓이나 추잡한 욕망 따위는 느껴지지 않는다.

신념에 가득 찬 눈빛.

내가 바로 앞에 멈췄음에도 그 남자는 절대로 기가 죽지 않았다.

손에 들고 있던 확성기를 내려놓은 다음, 아무 말 없이 나를 직시했다.

나는 그를 향해 넌지시 물었다.

"이름을 물어봐도 되겠습니까?"

그러자 그는 곧바로 답했다.

"임성호라고 합니다."

그는 대답을 망설이지 않았다.

"저희가 오늘 이곳에 온다는 이야기는 누구에게 들었습니까?"

"익명의 투서가 날아왔습니다."

"이곳에 현재 도시를 쑥대밭으로 만들 수도 있는 위험 물질이 은닉되어 있습니다."

"교황님과 정부를 막을 생각은 전혀 없습니다. 저희는 그저 저희의 목소리를 들려드리고 싶었을 뿐입니다."

임성호의 목소리는 더할 나위 없이 침착했다.

그건 확고한 신념을 지닌 자들만이 낼 수 있는 목소리였다.

나는 다시 한번 시위대를 둘러보았다.

임성호는 그런 나를 향해 조용히 말했다.

"교황님은 교황님의 일을 하시면 됩니다. 저희는 저희가 해야 하는 일을 하겠습니다."

우리 교황님 좀
말려 주세요

강제로 해산시키려고 하면 얼마든지 해산시킬 수 있었다.

만약 이들이 우리를 그저 방해하려고만 들었다면, 나는 가차 없이 이들을 해산시켰을 것이다.

그러나 임성호는 나를 향해 정중하게 고개를 숙였다.

"일부 시위대원들이 감정이 격해져서 실수를 한 점, 정말 사과드립니다. 사전에 신고하지 않은 시위를 감행한 것도 죄송합니다. 하지만 이렇게라도 하지 않으면, 교황님께서 저희들의 목소리를 듣지 못하실 거라 생각했습니다."

무슨 목소리를 나에게 들려주고 싶었던 걸까?

나는 한참 동안 그를 바라보았다. 그리고 조용한 목소리로 말했다.

"일단 급한 불부터 끄도록 하겠습니다. 그리고 여러분들의 목소리는…… 그 이후에 들어도 괜찮겠습니까?"

이들에게 정보를 흘린 정화자 놈들이 나쁜 놈들이지, 이 사람들을 나쁘다고 단언하기는 힘들었다.

무슨 사연인지는 모르겠지만, 일단 들어는 봐야겠지.

나는 임성호의 두 눈을 마주하면서 말했다.

"다른 생각을 지닌 사람들을 무시할 만큼 저희는 그렇게 독선적인 집단 아닙니다."

"……알고 있습니다."

"정식으로 저에게 만남을 요청하셨으면, 제가 언제라도 시간을 내드렸을 겁니다."

방법은 분명 잘못된 거다.

하지만 그들의 의도까지 마냥 무시할 생각은 없었다.

일단, 급한 불부터 끈 다음에 이야기를 나눠 봐야겠다.

"이곳은 위험합니다. 그러니 성지에 가서 시위를 계속해 주세요. 여러분들이 그곳에 계시면, 제가 일을 끝내고 바로 찾아뵙겠습니다."

우리 교단이 중국 내전에 개입하는 것에 대해 설득이 부족했던 걸지도 모르겠다.

내 말에 임성호는 작게 고개를 끄덕였고, 나 역시 그를 따라 고개를 끄덕였다.

"강채아 씨."

"예."

"일단, 작전부터 빠르게 끝냅시다."

"알겠습니다."

이게 다 정화자 놈들 때문이다.

씹어 먹어도 시원찮은 놈들.

나는 한숨을 푹 내쉬면서 통제 구역 안쪽으로 들어갔다.

⚜

"끝나자마자 주원 형제님 동생분을 만나러 가는 건 좀 힘들겠네요."

언데드 역병 마석을 찾으러 어느 건물의 지하로 내려가고 있는 중.

나는 옆에서 따라오고 있는 주원 씨를 향해 넌지시 말을 걸었다.

"괜찮습니다!"

"제가 미안해서 그럽니다. 약속은 꼭 지키는 성격이라서…… 그분들과 이야기를 끝내면 바로 함께 이동하죠."

"예."

아까 전의 시위대가 마음에 걸리는 걸까?

그의 표정이 더할 나위 없이 복잡했다.

"무슨 고민이라도 있습니까?"

"……고민은 아닙니다. 고민은 아닌데, 그냥 좀 궁금해서 그렇습니다."

우리 예비 선지자님께서 궁금하신 게 있으시다는데, 당연히 물어봐 줘야지.

"편하게 말씀하세요."

"모두의 안전을 위협할 수도 있었던 상황 아닙니까? 교황님께서 그들에게 너무 많은 관용을 베푸시는 게 아닐까 해서…… 제가 평소에 보아 왔던 교황님의 모습과는 조금 달랐습니다."

"이거, 주원 형제님은 저를 너무 악당으로 보시는 거 아닙니까?"

"그런 의미에서 드린 말씀이……."

나는 슬쩍 웃으면서 앞으로 걸어갔다.

"이 일을 기획한 놈들이 바라는 모습이 바로 그런 부분일 겁니다."

평화를 바라는 사람들을 무시한 채로, 오로지 목적만을 위해서 밀어붙이는 모습.

그런 모습이야말로 정화자 놈들이 기대했던 것일 터.

중국 내전에 관여하는 명분을 무너뜨리고, 더불어 리멘 교단의 이미지를 박살 낼 수 있을 테니까.

"주원 형제님."

"예, 교황님."

"빠른 방법이 항상 옳은 건 아니더라구요. 제 경험상 그랬습니다."

나의 의견으로 다른 사람들을 일방적으로 짓누르면서 나아가는 게 과연 옳은 일일까?

만약 우리 교단이 교단이 아니라 기업이었다면, 그 방법이 옳을지도 모르겠다.

하지만 우리는 교단이다.

리멘의 이름을 따르고, 선과 정의를 추구하는 교단.

"제가 이래 보여도 교황입니다. 겉으로 보기에는 교황 같지 않아도, 그렇게 막 나가지는 않아요."

"아, 그런 뜻에서 드린 말씀이 전혀 아닙……."

우리 교황님 좀
말려주세요

"목소리를 들어 주는 거, 오래 걸리지 않아요. 대화가 아니라 주먹, 물리력부터 먼저 나가면 그건 그냥 깡패가 아닐까요."

어쩌면 설득이 부족했을지도 모른다.

그들이 전쟁에 반대하는 이유를 듣고 방법을 마련하면 된다.

그런 노력조차 하지 않고 강제로 밀고 나가는 건 올바른 해답이 아니다.

"상황을 이렇게 만든 놈들이 잘못된 거지, 목소리를 내는 사람들이 잘못하는 건 아니에요."

"……이해했습니다."

"좋아요, 우리 주원 형제님. 마음에 듭니다."

"그런데 교황님."

"예?"

"아까부터 왜 저를 형제라고 부르시는지…….”

"아, 그거요?"

나는 주원 씨의 어깨 위에 팔을 둘렀다. 그리고 씨익 웃으면서 말했다.

"미리 연습하고 있죠."

"……연습요?"

"그런 게 있습니다."

눈빛을 보아하니 거의 다 넘어온 것 같기는 한데 말이지.

조금만 더 푸시하면 되겠다.

그나저나 정화자 놈들, 언제 또 이런 빌딩 지하에다가 이딴 걸 만들어 뒀을까?

"시간 내서 샅샅이 조사를 하든가 해야겠네. 딱 봐도 폐기된 제단 같은데?"

빌딩의 지하에서 발견된 지하 통로를 통해 길게 이어져 있는 비밀 통로.

나름 청소한다고 청소했는데, 깔끔하게 청소가 안 되었던 모양이다.

이곳의 구조는 중국에 위치한 제단들과 크게 다르진 않았다.

딱 한 가지가 다르다면, 마기의 흔적을 찾아볼 수 없다는 것 정도.

자세히 살펴보니 벽면에 마기를 차폐하는 금속이 도금되어 있었다.

애초에 이런 상황을 대비해서 만들어진 제단인 듯했다.

"통로가 꽤 긴데."

장소가 워낙 협소해서 정부 쪽 병력을 모두 데리고 들어오진 못했다.

나와 함께 이곳에 진입한 인원은 강채아, 주원 씨를 포함하여 총 20명.

그들을 이끌고 기나긴 통로를 걸어갔다.

우리 교황님 좀
말려 주세요

그리고 곧 통로 끝에 도달할 수 있었다.

피가 묻어 있는 문.

제단으로 사용되었던 곳이니까 문에 피가 묻어 있어도 이상할 건 없었는데, 문제는 그 피의 신선도였다.

"따끈따끈하네."

그리 오래되지 않은 피였다.

누군가 최근에 이곳에 와서 피를 흘렸다는 뜻.

나는 곧바로 너클을 착용하면서 말했다.

"채아 씨, 병력 데리고 이곳에서 대기하세요."

문 너머에 무언가 있다.

그것도 보통 놈이 아니라, 아주 큰 놈이 하나 있다.

마기를 지닌 놈은 절대로 아니다.

오히려 문에 묻어 있던 피, 그 피에서 마기가 감지되고 있었다.

"오늘도 편안하기는 글렀네."

대한민국에 잠시 숨을 고르려고 왔는데, 언제나 그렇듯이 내 계획대로는 안 된다니까?

이래서 내가 계획을 안 세워.

나는 크게 숨을 내쉰 다음, 곧바로 문을 열고 내부로 진입했다.

한때 정화자의 제단으로 사용되었을 넓은 공동.

그 공동의 중심에 위치한 진짜 '제단'.

그 위에 한 남자가 서 있었다. 그리고 그와 내 눈이 마주친 순간, 나는 인상을 잔뜩 찌푸릴 수밖에 없었다.

"……뭐야."

"반갑다. 표정 좋네. 우리 구면이지?"

"이건 무슨 장난질이냐?"

"장난질이라니. 누구는 지금 목숨 걸고 잠시 들른 건데…… 좀 섭섭하다. 이 세계는 인과율이 아직까진 멀쩡해서, 시간이 별로 없어. 그러니까 빠르게 본론만 말할게."

그곳에는 '내'가 서 있었다.

❧

도플갱어를 마주한 사람들이 바로 이런 기분이었을까?

하지만 저기 서 있는 '나'는 도플갱어와 근본부터가 달랐다.

살짝 거리가 있음에도 강렬하게 느껴지는 신성력과 격.

그 신성력은 분명 내 몸속의 신성력과 같았으며, 입고 있는 옷 역시 내 사제복과 동일했다.

그렇다면 저건 내가 맞을까?

모르겠다.

확신할 수조차 없었다.

그러나 '나'는 나를 향해 천천히 다가오면서 손을 털었다.

"지금부터 내가 하는 말 잘 들……."

"증명부터 해라."

"증명?"

"진짜 내가 맞는지, 증명부터 하라고."

당연한 절차였다.

저 녀석을 제압하고 나서 물어볼까 생각도 했지만, 제압은 불가능하다.

지금의 저 녀석은 내 완벽한 상위 호환이다.

딱 내가 몇 년 후에 지니게 될 힘이라고 생각해도 과언이 아닐 정도로 말이다.

내 질문에 '나'는 피식 입꼬리를 올렸다.

"그래, 뭐든지 의심하는 게 좋지. 고대 신들이랑 싸우려면 그런 마인드가 필요해."

"말 돌리지 말고."

"아버지, 어머니랑 마지막으로 나눴던 대화. 이거면 되려나?"

영화에서는 이런 경우 보통 본인들만 아는 비밀을 공유함으로써 본인이 맞는지를 확인한다.

나는 살짝 고개를 끄덕였고, 녀석은 한숨을 내쉬면서 말했다.

"올 때 호두과자를 사 온다고 하셨지. 더 말해 줄까?"

"그 정도면 충분해. 그러면 가능성은 두 개네?"

"뭔데?"

"네가 진짜 '나'거나, 아니면 고대 신이나 정화자의 장난질이거나."

"섭섭하네. 이렇게까지 말해 줬는데 날 의심하는 거냐? 나답긴 하다."

'나'는 허공에 손을 흔들었다.

그러자 아무것도 없던 바닥에서 신전에 있는 의자와 똑같이 생긴 의자가 솟아올랐다.

녀석은 손짓으로 착석을 권유했다.

그러더니 내 의자 맞은편에 의자를 하나 더 소환한 뒤, 그 의자에 편하게 앉았다.

"모든 걸 의심하는 건 좋은 자세야. 항상 그 마인드를 장착하고 있도록 해."

"시간 없다면서? 빨리 본론이나 말해."

"성격 급한 건 옛날이나 지금이나 같네. 간단하게 자기소개를 하자면…… 난 2년 뒤의 너다. 우리 쪽의 인과율이 무너져 내리는 바람에 이런 자리를 마련했어."

인과율이 무너져 내렸다?

인과율을 관장하는 건 결국 테라.

테라에게 무슨 문제라도 생겼단 소리인가?

"■■가 실패로 돌아가 버렸…… 아, 인과율 때문에 너에게는 안 들리는구나. 이것 참, 우리 세계는 인과율이 무너져 내려서 문제고, 이쪽은 여전히 강해서 문제고."

'나'는 희미하게 미소를 지었다.

그 미소 너머에는 공허함만이 가득했다.

녀석은 잠시 생각에 잠긴 듯, 말없이 내 얼굴을 바라보았다. 그리고 천천히 입을 열었다.

"방식을 바꿔야겠다. 리멘은 잘 지내지? 리멘한테 잘해 줘라."

"……리멘은 왜?"

"너도 리멘 사랑하잖아. 나도 마찬가지였고."

어째서 과거형일까.

머릿속이 복잡하다.

이 녀석이 정말 '미래의 나'라고 가정한다면, 많은 가능성이 생긴다.

시간을 역행하는 능력을 보면 내가 감히 상상하기 힘든 수준으로 격을 획득했을 터였다.

리멘이나 테라 정도의 신격이 아니고서야 저런 짓을 할 수 있을 리가 없다.

언젠가 리멘이 나에게 해 줬던 이야기가 있다.

-시간을 역행하는 건 신격에게조차 엄청난 부담이 돼. 잘못하면 신격이 소멸할 수도 있어. 최악의 결과야.

그녀의 말을 미루어 보았을 때, 이 녀석은 지금 소멸될 걸 각오하고서라도 나를 만나러 온 것이다.

이 부분에 대해서는 리멘에게 자세하게 물어볼 필요가 있을 것 같다.

대답을 제대로 해 줄지는 모르겠지만 말이다.

"내가 지금부터 하고 싶은 말은…… 아, 진짜. 오붓한 시간을 방해하는 놈들이 왜 이렇게 많아?"

파지지지직―.

허공에서 스파크가 튀긴다.

그리고 그 허공을 찢고 익숙한 존재 한 명이 모습을 드러냈다.

"뭔가 이상하다 했더니만…… 무법자 하나가 깽판을 치고 있었네?"

"이런 곳에서 만나니까 너무 반갑다, 테라. 잘 지냈어?"

"흐으으으응."

공간을 찢고 등장한 테라는 '나'를 바라보면서 콧소리를 냈다.

그리고 나를 슬쩍 쳐다보면서 물었다.

"이놈이 너한테 무슨 말이라도 했어? 뭐…… 인과율이 알아서 걸렀겠지만."

"마침 딱 들으려던 참이었는데, 좀 빠져 주지?"

"그건 곤란하겠는데. 교황, 네 눈에는 안 보이냐?"

"뭐가?"

"안 보이면 내가 보이게 해 줄게."

테라는 나를 향해 성큼 다가왔다. 그리고 내 눈에 가볍게 입김을 불어 넣었다.

그러자.

내 앞에 앉아 있었던 '나'의 등 뒤로 회색빛의 촉수들이 꿈틀거리는 것이 보였다.

고대 신?

아니, 저건 고대 신 따위가 아니다.

고대 신들 따위가 줄 수 있는 위압감을 가뿐하게 뛰어넘는다.

마치 내가 모든 고대 신을 먹어 치운 듯한 모습.

셀 수 없이 다양한 신격이 녀석의 몸 안에서 소용돌이치고 있었다.

"저런 괴물의 말을 믿어? 교황, 저건 네가 아니야. 한때 너였던 괴물일 뿐이지."

"동시에 네가 맞이하게 될 미래야."

테라의 말에 '내'가 덧붙인다.

테라는 허공에서 창을 벼려 냈다. 그리고 곧바로 '나'의 목에 겨누었다.

"우리 귀여운 교황 마음 심란하게 만들지 말지? 너와는 달라."

"뭐, 내가 최악의 경우인 건 맞지만…… 그래도 좀 섭섭하네. 나를 이렇게 만든 데엔 네 탓도 있는데, 테라. 너는 대충 내가 어떤 상황인지 알잖아?"

'나'는 맨손으로 테라의 창을 잡는다.

그리고 그 순간.

좌르르르륵–.

'나'의 등 뒤에서 뻗어 나온 촉수들이 테라의 전신을 결박한다.

나는 그 모습을 보자마자 건틀릿에 신성력을 불어 넣었다.

그러나 '나'는 그런 내 모습을 바라보며 쓸쓸하게 미소를 지었다.

"김시우, 네 두 눈으로 똑똑히 봐 둬. 지금 내 모습이 네가 맞이하게 될 최악의 엔딩이야. 너는 같은 길을 걷질 않길 바란다. 그 말을 해 주고 싶었어."

'나'는 천천히 자리에서 일어섰다.

그리고 몸이 결박된 테라를 바라보면서 말했다.

"네 탓을 하고 싶지 않다, 테라. 너도 네 나름대로 최선을 다했던 거잖아. 그렇지?"

'나'는 천천히 나에게로 다가왔다.

그리고 내 건틀릿을 내려다보면서 말했다.

"한 가지만 명심해. 그 어떤 순간에도 리멘을 놓지 마라. 네 여신을 믿어."

'내'가 그 말을 내뱉은 순간이었다.

파스스스슥.

녀석의 다리부터 조금씩 먼지로 흩어져 가기 시작한다. 그리고 잠시 멈춰 있었던 내 시스템이 다시 작동했다.

> 인과율을 심각하게 일그러뜨리는 존재를 발견하였습니다.
> 경고! 심각한 위반. 시스템이 자체적으로 저 존재를 말소합니다.
> 3…… 2…… 1…… 삭제가 불가능합니다. 해당 존재는 시스템의 관리자 권한을 지니고 있습니다.
> 긴급 추방 절차를 진행합니다.

연기처럼 흩어져 가는 '나'.

녀석은 마지막 순간까지 나를 지켜보며 말했다.

"리멘을 놓지 마라. 그것만, 딱 그것만 기억하면 된다. 아무리 빡대가리라도 그거 하나 기억하는 건 쉽잖아? 그녀의 ■■이 결국 너와 그녀, 그리고 이 세상을 살릴 거야."

그 말로 끝.

녀석은 언제 그 자리에 있었냐는 듯, 흔적조차 없이 사라져 버렸다.

기분 탓이었을까?

마지막 순간에 녀석으로부터 흘러나온 먼지 하나가 내 몸속에 스며든 것만 같았다.

"교황."

테라의 몸을 결박했던 촉수 역시 함께 사라졌다.

단둘만 남게 된 텅 빈 제단.

나는 결박에서 풀려난 테라를 바라보며 조용히 물었다.

"지금 궁금한 걸 물어봐도 대답해 줄 생각은 없겠지?"

테라는 대답 대신 천천히 나를 향해 다가왔다. 그리고 조용히 손을 뻗었다.

패시브 스킬 〈신성 보호 Lv.Max〉가 상대의 정신 조작 능력을 방어합니다.

"미치겠네."

"방금 뭐 하려고 했냐?"

"기억 제거. 그런데 한발 늦었어."

테라는 '내'가 사라진 자리를 바라보면서 인상을 잔뜩 찡그렸다.

그렇게 얼마나 시간이 흘렀을까?

한참 동안 입을 다물고 있던 테라가 다시 나를 바라보며 말했다.

"영원의 시간 동안 차원의 틈을 표류할 걸 각오하면서까지 이런 짓을 저지를 줄은 몰랐어. 하긴, 그런 놈이니까 리멘이 너를 선택했겠지."

그녀는 조용히 고개를 끄덕였다. 그리고 허공에 문을 소환하면서 말을 이어 갔다.

"지금으로서는 해 줄 말이 없다. 미안하다, 교황."

그 말을 끝으로 테라 역시 이 공간에서 사라졌다.

나는 그녀가 사라진 자리를 바라보면서 조용히 생각에 잠겼다.

그녀의 마지막 말은 방금 전의 '내'가 정말 미래의 나라는 걸 확인해 준 것이나 마찬가지였다.

그리고 미래의 나에게 시스템의 관리 권한이 있다는 것도 아마 사실일 거다.

……관리 권한은 지금 테라한테 있을 텐데.

도대체 무슨 일이 벌어졌던 걸까?

"하아."

아무래도 긴 고민이 될 것 같았다.

꩜

폐기된 제단에서 나온 후, 나는 곧바로 세종시로 날아가서 그곳의 마석 역시 깔끔하게 파괴했다.

일본에 파견한 루나와 레오 역시 성공적으로 마석을 파괴했다고 보고했으며, 부산의 자현이 역시 마찬가지였다.

일을 끝내자마자 시위대 측과 협상을 하기로 약속했지만, 정중하게 부탁을 했다.

내일 아침에 이야기를 나누면 안 되겠냐고.

다행스럽게도 그들은 내 제안을 수락했다.

주원 씨의 동생을 만나는 것도 내일로 미뤄 두었다.

그럴 수밖에 없던 게, 나에게는 그 어떤 일보다 아까 일어났던 일이 중요했기 때문이다.

─그러실 줄 알고 제가 장치를 미리 준비해 두었습니다. 연구실에 가셔서 사이킥 수정을 챙기신 다음, 지난번 사용하셨던 기계에다가 넣으시면 됩니다.

상해에서 대기하고 있던 라파엘로부터 사이킥 수정의 소재를 파악할 수 있었다.

나는 곧바로 라파엘의 연구실로 가서 수정을 챙긴 다음, 집무실로 돌아왔다.

그리고 곧바로 리멘을 호출했다.

아주 오랜만의 국제통화.

우우우우우웅.

사이킥 에너지가 차원 간의 연결을 증폭시켰는데, 리멘의 목소리가 들려오지 않았다.

불안감이 몸을 엄습한다.

리멘에게 무슨 일이 생……

"시우."

누군가 뒤에서 나를 부드럽게 껴안았다.

익숙한 향, 익숙한 목소리.

리멘이었다.

"이렇게 현신해도 돼?"

"오늘따라 차원의 통로가 꽤 여유가 있더라구. 이유는 잘 모르겠는데, 현신하기에는 충분해."

그건 아마 그 녀석이 잠시 이곳에 왔다가 갔었기 때문이 아닐까.

어찌 되었건 리멘이 밝게 웃으면서 내 손을 잡았다.

"고생이 많아. 전쟁 때문에 힘들지?"

"괜찮아. 벌써 마왕도 몇 놈 흡수했고…… 아직까진 견딜 만해."

리멘은 웃으면서 내 집무용 의자에 앉았다.

그리고 책상을 가볍게 두드렸다.

"그런데 표정이 왜 이렇게 안 좋아? 혹시 무슨 일 있어?"

정말 모르는 걸까, 아니면 모르는 척을 하는 걸까?

나는 리멘의 눈을 바라보면서 그저 한숨을 내쉴 수밖에 없었다.

"오늘은 그래도 꽤 오래 있을 수 있을 것 같아. 지구의 시간으로 한 30분 정도?"

"뭐라도 마실래?"

"콜라 있어? 나 콜라 마시고 싶었는데."

책상 밑에 있던 미니 냉장고에서 콜라를 꺼내 그녀에게 건

네주었다.

그러자 리멘은 콜라를 행복한 표정으로 마셨다.

"돌아갈 때 콜라 한두 병 정도는 챙겨 가도 큰 문제 없지 않을까?"

가벼운 이야기들을 내뱉으며 웃음을 짓는 리멘.

나는 그런 리멘의 얼굴을 아무 말 없이 바라보며 미소를 지었다.

그리고 아주 조심스럽고 천천히, 묻고 싶었던 이야기들을 꺼냈다.

"나를 만났어, 리멘."

"너를 만났다니?"

"고대 신과 똑같은 모습을 한, 나를 만났다고."

그 말에 리멘은 괴로운 표정을 지으면서 답했다.

"……그렇구나."

그녀가 어떤 미래를 보고 있는지 알고 싶었다.

"그러니까 나한테 숨김없이 말해 줘."

그래야 내가 뭘 어떻게 대응이라도 할 테니까.

나는 조용히 숨을 죽였다.

우리 교황님좀
말려주세요

분열

그녀로부터 돌아온 대답은 내가 기대했던 것이 아니었다.

"시우가 신격이 된 이후의 미래는 나도 볼 수 없어. 미안."

"이번에도 또 회피……."

"대신에 어떤 일이 일어난 건지, 예상은 할 수 있을 것 같아."

리멘은 천천히 자리에서 일어섰다.

"그 모습은 시우가 다른 고대 신들을 전부 흡수한 모습이었을 거야. 그들은 가늠할 수 없을 정도로 오랜 시간 동안 격을 쌓은 자들이고, 그런 격을 시우가 완벽하게 흡수하기에는…… 무리가 있었을 거니까."

"테라의 권능까지 흡수한 것 같아."

"그만큼 상황이 안 좋았던 걸지도 모르겠네."

리멘은 침착하게 이야기를 이어 나갔다.

"테라가 그런 선택까지 내렸을 정도면, 최후의 순간까지 갔던 것 같아. 결국 누군가 ■ ■ 할 수밖에 없었던 상황까지 갔던 거겠지."

아까 전에도 들었던 저 ■ ■.

유독 저 단어만 이해할 수가 없었다.

인과율이 내가 이해하는 걸 방해하는 것만 같았다.

하지만 앞뒤의 문맥만 보더라도 대충 저 단어가 어떤 단어인지 예상할 수 있었다.

"희생."

내 말에 리멘은 아무 말 없이 나를 바라보았다. 그리고 조심스럽게 나를 껴안았다.

"미래의 시우가 큰 결심을 했었네. 순리를 어기고 이쪽으로 넘어온 대가는 죽는 것보다 더 끔찍할 거야. 차원의 틈에서 영원히 표류하게 될 테니까."

테라가 아까 했던 말.

리멘의 따뜻한 기운이 내 몸속으로 스며든다.

나는 눈을 감은 채로 말했다.

"어떤 일이 있어도 리멘을 놓지 말라더라."

"나를 놓을 생각이었어?"

"……그럴 리가."

"어떤 시간에서도, 어떤 공간에서도, 어떤 상황에서도. 나는 언제나 시우 네 편이야. 그것 하나만 기억하고 있으면 돼."

그녀를 놓지 말라고 했던 말이 무슨 뜻이었을까?

어쩌면 내가 그녀를 놓을 수밖에 없는 상황이 찾아올 것이라는 의미였을지도 모른다.

"내가 너무 집착이 심한가?"

"나를 생판 모르는 세계로 납치했으면, 끝까지 책임은 지셔야죠."

"그렇지. 내가 또 책임감 하나는 확실하잖아! 시우도 나를 닮아서 책임감이 뛰어난 거야."

"네가 내 부모님은 아닌……."

"좋아하면 서로 닮는댔어. 시우는 나 싫어해?"

"……그럴 리가 없잖아."

리멘은 웃으면서 천천히 몸을 뗐다. 그리고 내 얼굴을 쓰다듬었다.

"오늘 있었던 일은 너무 오랫동안 담아 두지 마. 아직 일어나지 않은 일들이야. 일어나지 않은 일들은 언제라도 바꿀 수 있어."

"정말일까?"

"그러엄. 시우는 더 이상 운명에 얽매이지 않아. 미래의 시우도 그걸 알고 찾아온 걸 거야. 신격은 운명을 받아들이는 존재가 아니라 운명을 만드는 존재거든. 그러니까 시우는 지금처럼만 계속해 주면 돼."

그녀는 화사하게 미소를 지었다.

향기로운 꽃향기가 집무실 가득 퍼져 나갔다.

"이제 우리 교황님도 독립할 때가 다 된 것 같네. 격도 엄청 늘었구, 이러다가 나를 뛰어넘는 거 아닌가 몰라."

"불안하게 또 왜 그러냐?"

"나랑 약속 하나 하자, 시우."

"내가 들어줄 수 있으면 들어줄게."

"나중에 내가 시우보다 많이 약해진다고 해서 나 버리면 안 되는 거다? 알겠지?"

그 말에 나는 살짝 짜증을 내면서 답했다.

"그걸 말이라고 해? 내가 널 왜 버려."

내 대답이 만족스러웠던 걸까?

리멘이 작게 소리를 내어 웃었다. 그리고 내 머리를 쓰다듬으면서 말했다.

"그래, 그래야 내가 사랑하는 교황님이지. 내가 교황 하나는 잘 뽑았다니까."

결국, 걱정하지 말라는 소리다.

리멘은 내 손을 잡은 채로 고개를 끄덕였다.

"지금처럼만 해 주면 돼. 덜도 말고 더도 말고, 딱 지금처럼만. 알겠지?"

나는 리멘의 푸른색 눈동자를 들여다보았다.

여기에서 무언갈 더 물어봐도 대답해 줄 것 같지는 않았다. 그녀가 무슨 생각을 하고 있는지는 여전히 모르겠다.

그래도 딱 한 가지는 알겠다.

여전히 나를 위해 진심을 다해 주고 있다는 것.

"시간이 좀 많이 남을 것 같은데…… 오래간만에 산책할까? 페어리들이 정원도 예쁘게 가꿔 줬다면서?"

"……그러자. 다른 사람들이 널 보면 어떻게 하지?"

"걱정하지 마. 다른 사람들 눈에는 안 보여."

"내일 아침 뉴스에 내가 헛것을 본다는 이야기가 나올지도 모르겠는데?"

반전 여론 때문에 스트레스를 받은 교황, 드디어 미치다!

이런 자극적인 제목의 기사가 벌써부터 눈에 선하구만.

그래도 당분간은 외부인의 출입이 금지된 상태라, 산책하기엔 나쁘진 않을 것이다.

"시우."

"응?"

"아이들이 누워 있는 곳부터 가자."

아이들이 누워 있는 곳이라면…… 아마도 이번 전쟁에서 전사한 성기사와 사제 들이 묻혀 있는 곳일 터였다.

나는 그녀의 제안에 흔쾌히 고개를 끄덕였다.

"그렇게 하자."

"오랜만에 데이트네."

"……에덴에서 우리가 데이트를 했었던가?"

"기억 안 나? 산속에서 내가 길 알려 줬었잖아."

"우리는 그걸 조난이라고 부르기로 했어요."

"그런가? 아무튼!"

그녀가 어떤 미래를 보고 있든 간에 상관없다.

내가 지켜야 할 대상 중에는 당연히 리멘도 포함되어 있었으니까.

나는 나를 끌고 나가는 리멘의 뒷모습을 보며 작게 고개를 끄덕였다.

※

리멘이 다시 돌아가고, 다음 날 아침.

미래의 나를 만났다고 해서 달라지는 건 크게 없었다.

리멘이 정말로 미래를 못 보는 건지, 확신할 수는 없었다. 하지만 한 가지는 분명하다.

그녀는 나에게 해가 될 짓은 절대 하지 않는다.

내가 그렇게까지 말했는데도 숨기는 거면, 그럴 만한 이유가 있을 거다.

나는 그저 그녀를 믿고 기다릴 뿐.

언젠가는 알아서 이야기를 해 줄 테지.

똑똑똑.

"성하."

집무실 창문에 서서 창문 밖의 풍경을 바라보고 있을 때였다.

누군가 문을 두드렸고, 곧 라파르트 대주교가 모습을 드러냈다.

"임성호 씨가 도착했습니다."

어제 만나기로 약속되어 있었던 시위대의 대표 임성호 씨가 도착한 모양이다.

나는 몸을 돌리면서 답했다.

"들어오라 하세요."

"예."

잠시 후, 라파르트 대주교가 임성호 씨를 데리고 안으로 들어왔다.

임성호 씨는 나를 보자마자 정중하게 고개를 숙였다.

"다시 뵙습니다, 교황님. 신전에 초대해 주셔서 감사합니다."

"별말씀을. 와 주셔서 감사합니다. 자, 일단 앉으시죠."

계절은 어느새 여름에 가까웠다.

밖에 날씨가 꽤 더운지, 임성호 씨의 이마에 땀방울이 맺혀 있었다.

"라파르트 대주교."

"예, 성하."

"차가운 차를 내와 주세요."

"알겠습니다."

라파르트 대주교는 빠르게 차를 내왔다.

임성호 씨는 조심스럽게 차를 한 모금 목으로 넘겼다. 그리고 숨을 가볍게 뱉어 냈다.

"감사합니다."

"제가 어제 일방적으로 약속을 파기했는데, 기분이 나쁘셨다면 죄송합니다."

"아닙니다. 교황님께서 함부로 약속을 깨뜨리는 분이 아니란 건 알고 있습니다. 그만한 사정이 있을 거라 생각했습니다."

"이해해 주신다니 감사할 따름입니다."

나는 임성호 씨의 얼굴을 바라보았다.

내가 오늘 이 사람을 이곳까지 데려온 이유는 반전 여론을 퍼뜨리는 걸 그만둬 달라는, 그런 이유 때문이 아니었다.

때로는 목소리를 듣는 게 중요할 때가 있다.

아무리 내가 추구하는 가치가 중요하다고 하더라도, 목소리를 듣지 않고 우직하게 밀고 나가는 것은 독선에 불과하다.

어제저녁, 이능관리부의 김 팀장이 시위대에 대한 정보를 나에게 보내 줬었다.

그리고 임성호 씨에 대한 정보를 읽었을 때, 그가 어째서 전쟁을 반대하는지 충분히 이해할 수 있었다.

"저에게는 동생이 둘 있었습니다."

임성호 씨는 천천히 이야기를 꺼냈다.

"운이 좋게 두 녀석 모두 플레이어로 각성했었죠. 큰놈은 이능관리부에서 일했고, 작은놈은 대형 길드 소속으로 활동했죠."

임성호 씨는 내가 묻지 않았어도 자신의 이야기를 털어놓았다.

나는 가만히 그의 이야기를 경청했다.

"큰동생이 장관급 회담 테러 현장에서 경호 임무를 수행하다가 사망했습니다. 그리고 작은동생은 정화자에게 복수를 하겠다며 중국으로 향했습니다."

그는 목이 타는지 차를 한 모금 더 들이켰다.

그리고 주먹을 살짝 움켜쥐면서 말을 이어 갔다.

"일주일 전에 집에 사망 통지서가 날아왔습니다. 작은동생이 작전 중에 사망했다라는 내용이 담겨 있었습니다."

이 사람은 순식간에 동생 둘을 모두 잃은 것이다.

"아버지가 일찍 돌아가셔서, 삼형제끼리 투닥거리면서도 열심히 어머니 모시고 살았었습니다. 그런데 지금은…… 지금은 저 혼자 남아 있네요."

그는 자신의 어머니에 대한 이야기는 나에게 하지 않았다.

그의 어머니는 충격으로 쓰러져 병원에 입원한 상태였다.

아직까지 정신을 되찾지 못하고 있다고 들었다.

다른 형제들과는 다르게 각성자가 되지 못했던 남자. 그가 혼자서 할 수 있는 일이 도대체 뭐가 있었을까?

"누군가는 다른 목소리를 내야 한다고 생각합니다."

결국, 그가 이르게 된 결론이 이거였다.

누군가에게 전쟁은 기회가 되었지만, 또 누군가에게는 모든 걸 잃어버린 비극이 되었다.

그렇기 때문에 나는 이 남자를 이해할 수 있었다.

내가 이 남자의 상황이었다면 어떤 선택을 내렸을까?

그가 작은동생을 따라 복수를 부르짖는 게 옳은 선택이고, 이렇게 목소리를 내는 건 틀린 선택인 걸까?

애초부터 이건 옳고 그름을 따지는 문제가 아니었다.

입장이 다를 뿐이지.

"교황님께서는 불쾌하실 수도 있다고 생각합니다. 하지만 저는, 그리고 저희는…… 그래도 계속 목소리를 내 볼까 합니다."

이 사람뿐만이 아니었다.

시위대에 포함되어 있던 이들 대부분이 각자만의 사정이 있었다.

사람이 백 명이 있다면 백 가지 사연이 있다.

틀린 게 아니라 다를 뿐인데, 다르다는 이유로 그들을 무시하고 짓밟을 생각은 없었다.

나는 임성호 씨의 눈을 마주했다. 그리고 고개를 끄덕였다.

"여러분들이 목소리를 내는 걸 막겠다고 부른 건 아닙니다."

"……알고 있습니다."

"그래도 한 가지만 말씀드리고 싶네요."

내 앞에 놓여 있던 차를 한 모금 들이켰다. 녹차의 씁쓸함이 입 안에 맴돌았다.

아니, 어쩌면 녹차가 씁쓸한 게 아닐 수도 있었다.

지금 내 입이 쓴 걸지도.

"다양한 목소리를 내어 주셔야 제가, 그리고 저희 교단이 올바른 길에 가까워집니다. 제가 무식하기는 해도 그 정도는 알고 있습니다."

효율과 이익을 추구하는 사업체였다면 몰라도, 우리는 결국 교단이다.

약한 사람들을 품고 함께 나아가는 걸 추구하는 교단.

정화자를 끝낸다고 해서 모든 게 끝나는 건 아니다.

결국, 우리의 싸움은 계속해서 이어질 거다. 모든 걸 묵살하면서 지나갈 수는 없었다.

"항상 문을 열어 두겠습니다. 언제든지 들르세요."

내가 그들을 위해서 해 줄 수 있는 건 목소리를 무시하지 않는 것.

이것뿐이다.

내 말에 임성호 씨는 아무 소리 없이 고개를 푹 숙였다. 그리고 떨리는 목소리로 말했다.

"죄송하고, 또 감사합니다."

"저야말로 죄송합니다."

그들이 목소리를 내었다고 해서 여론이 형성되지는 않는다.

그 여론에 동조하는 사람들이 많기 때문에 여론이 형성되는 거다.

임성호 씨는 천천히 자리에서 일어나서 나에게 다시 한번 고개를 숙였다.

그리고 천천히 문을 열고 밖으로 나갔다.

나는 멀어지는 그의 뒷모습을 끝까지 바라보았다. 그리고 옆에 서 있던 라파르트 대주교에게 넌지시 말했다.

"이제 분위기가 바뀔 겁니다. 정화자 놈들이 아주 아픈 구석을 파고들었어요."

"전쟁의 명분을 공격하는 건 항상 효과적인 수단이었습니다. 저들이 에덴과는 다르게 인간의 방법을 사용하는군요."

"그때 보스는 루시퍼였지만, 지금은 다른 놈이니까요."

어쩌면 언데드보다 더 무서운 수단이었다.

방금 전에 나간 임성호 씨와 이야기를 나누면서 확신했다.

지금까지는 전폭적인 지지 속에서 전쟁을 이어 왔지만, 핵심 거점인 난징을 함락하고 엄청난 전과를 거둔 지금, 전쟁의 분위기가 바뀔 것이다.

고대 신들의 등장으로 인해 전 세계가 어지럽고 시끄러운 상황.

과연, 우리가 언제까지 전폭적인 지지를 받을 수 있을까?

"이제부터는 변곡점입니다."

한번 퍼져 나가기 시작한 반전 여론은 쉽게 되돌릴 수 없다.

나는 한숨을 작게 내쉬었다.

분열은 이미 시작된 거나 마찬가지였다. 그리고 우리가 그것을 실감하기까지는 그리 오래 걸리지 않았다.

※

그로부터 나흘이 지났다.

"상황이 별로 좋지 않군."

"네가 봐도 그러냐?"

"원래 명분이란 게 그렇다. 전쟁의 명분이 약화되어 버리면, 당연히 전쟁의 동력도 상실하게 되지. 그건 시대를 막론하고 그렇다. 너도 경험했을 거 아니냐?"

"나는 마왕이라는 절대악이 있었어서 말이야."

"……부족 간의 복잡한 이해관계 속에서 전쟁이…… 뭐,

됐다. 과거 이야기나 한가로이 할 때가 아니야."

에이든은 상해에 위치한 내 집무실에서 스마트폰으로 뉴스를 확인하며 고개를 끄덕였다.

반전 여론은 엄청난 속도로 확산되기 시작했다.

〈테러리스트의 핵심 거점 난징까지 함락〉

〈중국 내전에서 정화자의 흔적이 많이 엷어졌다〉

〈이제 중국 내부에서 스스로 해결할 문제. 도대체 우리는 언제까지 피를 흘려야 하는가?〉

〈백명교와 중국 정부, 시안 점령!〉

예상외의 변수는 역시 백명교였다.

난징을 점령하기 위해서 움직이는 줄 알았던 백명교와 중국 정부는 본대를 돌려서 곧장 시안을 타격했다.

우리가 상해 일대를 정리하는 동안 힘을 추스른 중국 정부의 전력투구.

거기에 백명교의 전폭적인 지원이 이루어지니, 시안은 내가 생각했던 것보다 훨씬 빠르게 무너져 내렸다.

시안을 지키고 있던 마왕, 레비아탄은 백명교에 의해 포획당했다고 한다.

더불어 미국에서 본격적으로 개입했던 가장 큰 이유였던 제3세계의 이레귤러이자 빌런, 마테우스 역시 오늘 아침 미국 측에 인계되었다.

즉.

"우리로서도 슬슬 빠져야 할 때라는 거지. 본국에서는 라파엘에게도 이번 내전에서 발을 빼라는 지시를 내렸어. 여러모로 곤란한 상황일 거다."

"라파엘은 딱히 내색하진 않더라."

"그 양반은 원래 자기가 하고 싶은 대로 하던 양반이니까. 하여간에 결론부터 말하자면 이거다."

에이든은 스마트폰을 옆에 내려 둔 채로 천천히 자리에서 일어났다.

그리고 나를 바라보면서 말했다.

"이제부터는 리멘 교단 혼자서 부담하게 될 영역이다. 정화자의 잔당은 중국의 서부 산악 지대로 스며들어 갔고……무엇보다 대한민국 쪽의 전폭적인 지원도 더 이상 힘든 상황 아닌가?"

"……그렇지."

선거철이 다가오고 있었다.

여태까지 엄청난 지지율을 자랑하던 서신우 대통령과 여당이었지만, 야당 쪽에서는 전쟁의 명분을 두고 목소리를 높이고 있었다.

이런 경우를 대비해서 용병의 형식으로 대형 길드의 각성자들을 데려간 거긴 하다.

하지만 작정하고 달려드니 정부 쪽에서도 대응하기 힘든 상황.

그러니까 이 상황을 정리하면 간단하다.

내부적으로도, 외부적으로도.

전쟁을 지속해 나가기에는 힘든 상황이었다.

"지금 우리가 해방시킨 지역을 안정화시키는 것만으로도 빠듯할 거다, 시우."

에이든은 그 누구보다 냉철하게 상황을 판단한다.

겉으로 보기에는 뇌까지 근육으로 차 있을 것만 같지만, 그 누구보다 냄새를 잘 맡는 놈이기도 하다.

나 역시 에이든과 생각이 비슷했다.

"빠져야 할 때지."

더 이상은 무의미하다.

정화자 놈들은 무슨 생각을 하고 있는지 순순히 물러나고 있었고, 여론은 우리를 압박하기 시작했다.

사면초가의 상황이었다.

"난징까지 해방시킨 것으로 만족할 건가?"

에이든이 단도직입적으로 질문을 던졌다. 나는 그 질문에 한숨을 푹 내쉬었다.

"내가 더 가겠다고 하면?"

"본국의 명령을 거스르고, 내 친구를 돕겠다."

"……말만이라도 고맙다."

결국, 나는 결정을 내려야만 했다.

정화자를 끝까지 추격한다는 불확실한 결정을 내릴지, 아니면 여기에서 잠시 멈출지.

정화자의 핵심 거점을 모두 파괴했고, 루시퍼를 제외한 나머지 모든 마왕들이 소멸하거나 포획되었으니 이걸로 된 걸까?

"하아."

고민할 시간이 필요했다.

나는 손으로 머리를 짚으면서 인상을 잔뜩 찡그렸다.

병력 지원을 더 이상 받지 않은 상태에서 우리 교단 병력만으로 전쟁을 계속해 나가는 것?

의미 없는 피해만 늘릴 게 뻔했다.

무명 그놈이 갑자기 정신이 나가 버려서 내 앞에 등장하지 않는 이상, 이 전쟁은 끝없이 이어질 것이다.

"선택의 시간이다, 시우."

"나도 알아, 이 새끼야."

"무슨 결정을 내리든 존중하도록 하지."

이렇게 복잡하게 얽혀 있는 문제는 딱 질색인데.

어쩔 수 없이 간부들을 소집해서 의견을 모아야겠다. 아마 간부들 사이에서도 생각이 많이 갈릴 것이다.

에덴과 지구의 상황은 너무나도 달랐다.

에덴에서의 우리는 더 이상 잃을 게 없었지만, 지구에서의 우리는 잃을 게 너무나도 많았다.

무턱대고 밀어붙이는 것만이 답은 아니니까.

나는 고개를 작게 끄덕인 후, 간부들에게 소집 명령을 내렸다.

❧

간부들과의 회의는 그리 오래 걸리지 않았다.

우리는 만장일치로 한 가지 결론에 도달할 수 있었다.

"다들 후회는 없는 겁니다?"

"성하께서 선포하신 성전입니다. 저희는 전적으로 성하의 선택에 따릅니다."

우리가 도달한 결론은 휴전이었다.

라파르트 대주교는 예전부터 현실적인 면모가 있어서 예상은 했지만, 호전적인 루나와 레오마저도 휴전에 적극적으로 동의했다.

간부들이 원하는 것은 현상 유지와 재정비.

무엇보다 루나가 휴전을 요청하는 걸 보고 의아해서 직접 물어봤는데, 돌아온 대답은 다음과 같았다.

"이번 전쟁을 통해서 얻은 경험을 바탕으로 담금질이 필요할 것 같아요. 담금질이 끝나면 우리 병력은 한 단계 더 높은 차원으로 발돋움할 수 있겠죠. 예정되어 있던 3기 교육생 훈

련도 진행할 시기구요."

재정비의 필요성을 주장하는 루나.

레오 역시 루나와 비슷한 이유로 휴전에 동의했다.

우리 교단의 병력 숫자는 여전히 절대적으로 부족했다.

나 역시 그들의 의견에 동의할 수밖에 없었다.

"아직까지 우리 단독으로 모든 걸 진행하기에는 벅참이 있는 건 사실입니다."

무리해서 밀고 나가서는 안 된다.

그랬다가는 지금까지 우리가 이룬 모든 것이 무너질 테니까.

무리해서 정화자를 정리했다고 치자.

그 과정에서 우리가 지닌 힘을 상실하게 될 텐데, 그 틈을 타고 고대 신들이 들어온다면?

결국, 우리는 속절없이 밀리고 말 것이다.

그리하여 우리 교단은 만장일치로 일시 휴전이라는 선택을 내리게 되었다.

"방어 태세를 더욱 견고히 구축하여 혹시 모를 정화자의 공격을 방어해야만 합니다. 각국 정부와 긴밀한 의견 교류가 필요하니 라파르트 대주교가 신경 많이 써 주시길 바랍니다."

"알겠습니다."

라파르트 대주교가 천천히 고개를 끄덕였다. 그리고 잠시 후, 그가 나에게 다른 질문을 건넸다.

"중국 쪽과는 어떤 방식으로 의견을 교류해야겠는지요?"

"……어렵네요."

현재, 북경에 위치한 중국 정부와 상해시의 신경전이 끊임없이 이어지는 상황.

각 지역의 반란군은 점차 정리되어 가고 있었으나, 혼란은 여전했다.

정치적으로도 분열되고 있는 상황이었기 때문이다.

"일단 옛날의 중국으로 돌아가긴 글렀어요."

이들은 봉합되기에는 너무 먼 길을 가 버렸다.

분열은 이미 시작되었고, 이 땅에 사는 사람들은 분열을 막을 생각 따위는 없어 보였다.

"우리로서는 개입하지 않는 게 최선입니다."

"알겠습니다."

"3기 교육생 모집을 시작하겠습니다. 이번 모집에는 중국인들도 받겠습니다. 모집 규모는 총 1천 명. 힘들겠지만 다들 고생해 주십시오."

1기 교육생, 2기 교육생을 합친 숫자를 가뿐하게 뛰어넘는 규모다.

대형 길드는 물론이며 각성자 전력만큼은 작은 국가를 방불케 할 수도 있을 거다.

그래도 이 정도는 되어야 추후의 전쟁에서 충분한 저지력

우리 교황님 좀
말려주세요

을 확보할 수 있을 것 같았다.

내 말에 간부들은 일제히 고개를 숙였다.

"알겠습니다."

"이번 회의에서 결정된 사항은 다음 주 수요일, 그러니까 1주 후부터 진행될 겁니다. 교단에 속한 전원에게 일주일간 휴가를 부여합니다. 라파르트 대주교는 세종일보를 비롯한 언론사에 교단의 공식 입장을 전달하도록 하세요."

"곧바로 조치하도록 하겠습니다."

멈추는 게 아니다.

잠시 쉬어 가는 거지.

나는 한숨을 푹 내쉬면서 의자에 몸을 묻었다.

생각처럼 되지 않아서 그저 답답하지만…… 뭐, 별수 없지.

이렇게 된 이상 제대로 재정비해서 다시 나아가는 수밖에.

❧

〈잠시 멈추는 리멘 교단, 반전 여론을 의식한 것일까?〉

〈반쪽짜리 승리? 아니면 반쪽짜리 패배?〉

〈중국의 혼란은 끝나지 않았다!〉

우리 교단의 입장은 순식간에 전 세계로 퍼져 나갔다.

우리는 일단 당분간 군사작전을 진행하지 않겠다는 공식 성명을 발표했다.

치안 유지를 도와줄 뿐, 난징 공략 같은 대규모 군사작전은 당분간 자제하겠다는 내용이 공식 성명에 포함되어 있었다.

"집이 최고지, 형?"

"당연한 거 아니냐?"

나는 아주 오랜만에 우리 집에서 밥을 먹으면서 TV를 시청했다.

교단 전원에게 부여한 일주일 휴가에는 나 역시 포함되어 있었다.

다들 놀 때 나도 일하면 솔직히 좀 속상하잖아.

"할머니는?"

나는 숟가락으로 밥을 뜨면서 인욱이에게 물었고, 인욱이는 식빵에 딸기잼을 바르면서 답했다.

"라파르트 대주교님이랑 놀러 가셨지."

"흐음."

"할머니도 연애하는데 형은 연애 안 해?"

"너도 마찬가지……는 아니구나."

"이따가 그레이스가 나 데리러 오기로 했어."

"좋겠다, 좋겠어."

가만 보니 나 빼고 다 연애하는구나.

내가 탐탁지 않은 표정으로 인욱이를 바라보고 있을 때, 시연이가 방에서 뛰어나왔다.

나는 그런 시연이를 향해 활짝 미소를 지었다.

"시연아, 오빠에게는 우리 시연이뿐······."

"오빠들! 나 잠시 밖에서 놀고 올게!"

"밖에? 누구랑 놀러 가는데?"

"요 앞에서 승우 오빠 만나기로 했어!"

······외롭다.

나 빼고 다 다른 사람이랑 놀러 간다.

내가 원하는 휴가는 가족들과 함께 오순도순 보내는 거였는데······.

솔직히 좀 속상하네.

"시연아, 좀 위험하지 않겠어?"

인욱이가 빵을 먹으면서 시연이에게 말했다.

그 모습을 보다 못한 내가 인욱이를 바라보았다.

"인욱아."

"응?"

"시연이랑 승우가 붙어 다니는데 뭐가 위험해? 너 모르나 본데, 시연이 저번에 건물 벽도 박살 냈었다니까? 승우는 시연이보다 더하고."

장담하건대 시연이랑 승우를 납치하려 들잖아? 대부분은 목숨을 걸어야 할 거다.

승우의 전투력은 날이 가면 갈수록 높아지고 있었고, 시연이 역시 마찬가지다.

그래서 딱히 시연이의 안전이 걱정되지는 않았다.

그래도 혹시 모르니 보디가드를 하나 붙여 두는 것도 나쁘진 않지.

나는 내 옆에서 자고 있던 백설이를 건드렸고, 백설이가 하품을 하면서 일어났다.

-귀찮네 증말. 이제 시연이를 걱정할 게 아니라, 시연이를 상대하는 사람들을 걱정할 때라니까?

"쓰읍."

-……갈게요, 간다구요.

백설이까지 붙여 주면 걱정 없지 뭐.

어차피 평소에 백설이랑 놀던 영물 친구들은 중국 땅에 있어서 할 짓도 없을 거거든.

"다녀오겠습니다!"

"그래, 일찍 들어오구."

"응! 걱정하지 마세요!"

그렇게 시연이가 빠르게 집 밖으로 나갔고, 내가 다시 숟가락을 들려던 찰나였다.

삑삑삑.

"응?"

방금 전에 집에서 나갔던 시연이가 다시 집으로 되돌아

왔다.

시연이의 얼굴에는 당황한 기색이 역력했다.

"오빠, 큰일 났어!"

"음?"

"우리 오늘 집 밖에 못 나갈 것 같아!"

"그게 무슨 소리……."

그때였다.

내 예민한 청각 사이로 창문 밖의 확성기 소리가 들려왔다.

"사탄의 자식 김시우는 반성하라!"

"대한민국의 각성자들을 사지로 몰아넣고서 잠이 오냐!"

"리멘 교단을 대한민국에서 퇴출하라!"

"퇴출하라!"

창밖으로 슬쩍 고개를 내밀어서 확인했는데, 적지 않은 숫자의 사람들이 내가 사는 아파트 앞을 점거하고 있었다.

나와 함께 그 모습을 지켜보고 있던 인욱이가 한마디 던졌다.

"레오 형한테 전화해서 이단심문관들 좀 불러 달라고 할까?"

"……하아."

미치겠다, 진짜.

결론부터 말하자면, 우리 집 앞에서 벌어졌던 시위의 주동자는 지난번에 나와 이야기를 나누었던 임성호 씨가 아니었다.

이번 시위의 주동자가 다를 것이라고 이미 예상은 했었다.

임성호 씨가 남의 집 앞까지 와서 시위를 벌일 정도로 무책임한 스타일은 아니었으니까.

그때 임성호 씨가 이끌던 시위대가 피해자나 희생자로 구성되었던 반면, 오늘 우리 집 앞을 불법 점거한 시위대의 구성은 정말 놀라울 정도였다.

개신교, 불교 등등, 가릴 것 없는 분야의 사이비 이단들이 한곳에 다 모인 것 같았다.

처음에는 그냥 남들 모르게 정리해 버릴까 고민했다만, 그건 옳은 방법은 아니었다.

그래서 내가 선택한 방법은 '평화적'인 방법이었다.

"다들 앉으시죠."

일단 그들 중에서 대표라고 할 수 있는 이들을 모아 집무실로 데려왔다.

지하에 심문실이 있는 신전이야말로 협상하기 딱 좋은 장소가 아닐까?

"엇험."

"크흠."

시위대의 대표로 나온 사람은 셋.

그들은 자리에 앉자마자 동시에 헛기침을 내뱉으면서 말했다.

양복을 입고 있는 사람 둘, 이상한 두루마기를 걸치고 있는 사람 하나.

이름은 딱히 묻지 않았다.

왜냐고?

묻고 싶은 생각이 애초부터 없었거든.

"집에서 휴가를 즐기고 있었습니다. 리멘 교단 전원에게 1주짜리 휴가를 부여했거든요. 그래서 오랜만에 가족들이랑 밥을 먹고 있었는데…… 속상합니다."

나는 그들을 둘러보면서 천천히 이야기를 꺼냈다.

다들 어디서 한번 본 것 같다.

유명인들이라는 소리다.

뭐, 좋은 일로 본 것 같지는 않다.

"차를 대접해 드리고 싶지만, 보시다시피 아무도 없습니다. 그러니 이해해 주시길 바랍니다."

내가 애써 미소를 지으면서 말했다.

그러자 내 앞에서 거만하게 앉아 있던 중년 남성이 불쾌한 표정으로 나를 바라보았다.

"따지고 보면 업계 선배라고 할 수 있는데, 손님 대접이 원래 이렇습니까? 이것참, 불쾌하기 짝이 없어요."

"남의 가정집 앞에서 시위를 벌이는 것보다 불쾌할까 싶습니다만."

"우리는 당당히 국민의 목소리를 대변했을 뿐이에요. 당신네들이 지금 종교인들 얼굴에 먹칠을 하고 있는 걸 몰라? 종교인이면 종교인답게 평화를 사랑해야지, 외국에서 전쟁을 벌여?"

그 말에 나머지 두 남자도 기다렸다는 듯이 고개를 끄덕였다.

일단 저 중년 남성이 제일 목소리가 높은 걸로 봐서는 암묵적인 리더인 듯싶었다.

나는 활짝 웃으면서 고개를 끄덕였다.

임성호 씨와 같은 이유로 찾아왔지만, 시작부터가 달랐다.

임성호 씨는 나를 존중해 주었으나 이들은 시작부터 나를 폄하하고 들어간다.

이런 사람들과는 길게 끌고 가기도 싫다.

애초에 대화는 통하는 사람들이랑 주고받는 거다.

통하지도 않는데 대화?

그것만큼 무용한 것도 또 없는 법이지.

"저에게 불만이 있으셨다면, 교단에 정식적으로 이의를 제기하시지 그러셨어요."

"이의를 제기했으면! 들어는 줬겠습니까?"

"물론이죠."

"말 같지도 않은 소리를 하고 있어! 당신 같은 사람이 다른 사람들 목소리를 들을 리가 없지. 안 그렇습니까, 여러분?"

내 대답 따위는 상관없다는 듯이 강력하게 의견을 타진하는 중년 남성.

머리가 반쯤 벗겨져 있었는데, 구분해서 말하기에 어려움이 있으니 그냥 반빡이라고 부르도록 하겠다.

하여간에 그 반빡이는 자신이 기세를 잡았다고 생각했는지, 목소리를 높였다.

"우리가 리멘 교단 때문에 얼마나 많은 피해를 입었는지 압니까? 신도들이 줄어들어, 수익도 줄어들어! 리멘 교단은 언제나 그런 식이었습니다. 다른 이들 따위는 안중에도 없었지요."

"맞소."

"맞습니다!"

한마디로 우리 교단의 교세가 확장되는 바람에 먹고살기 힘들어졌다…… 이 말인데.

도대체 저 개 풀 뜯어 먹는 소리는 언제까지 들어 줘야 한단 말인가?

똑똑똑.

내가 가만히 그 소리를 듣고 있을 때쯤, 한 남자가 문을 두

드린 후에 집무실 안으로 들어섰다.

"성하."

"휴가 중일 텐데 호출해서 미안합니다, 은택 형제님."

바로 이단심문관들의 리더, 은택 씨였다.

은택 씨는 이단심문관들만 입을 수 있는 검붉은 사제복을 입은 채로 집무실 안으로 들어섰다.

이제는 이단심문관으로서의 업무에 완벽하게 적응한 우리의 은택 씨.

참으로 든든하기 그지없었다.

"성하께서 부르신다면 어디라도 달려가야 하는 것이 제 임무입니다. 마음 쓰지 마십시오."

"좋은 시간 보내고 계셨을 텐데……."

"아닙니다. 서울 근방에 교단을 사칭하는 자들이 있다는 제보를 받아 조사 중이었습니다."

"그렇습니까? 요새 사칭이 부쩍 늘어났네요."

리멘 교단을 사칭하여 돈을 갈취하거나 사기를 치는 이들의 숫자도 부쩍 늘어났다.

녀석들 덕분에 교단의 명성에도 문제가 생기고 있었다.

이단심문관을 더 확충해야 하는데 말이지.

"부탁하신 자료입니다."

이은택 씨는 태블릿 PC를 나에게 건네주었다.

그 안에는 이단심문관들이 조사한 정보들이 정리되어 있

는 파일들이 들어 있었다.

당연히 이 자리에 모인 저 세 명의 시위 주동자들에 대한 정보였다.

"평소에도 주시하고 있던 인물들이었고, 익명의 투고가 몇 번이고 들어왔었습니다."

"익명의 투고라고 한다면?"

"성 갈취, 금전 갈취, 가스라이팅 등등. 본인이 피해를 입어 투고를 했거나, 아니면 가족들이 도움을 요청한 경우입니다."

"깔끔하게 정리가 되어 있네요."

나는 만족스럽게 고개를 끄덕이면서 파일의 스크롤을 내렸다.

그런 내 모습을 가만히 지켜보고 있던 반빡이가 자리에서 일어나면서 소리쳤다.

"지금 우리들에 대한 뒷조사를 진행했단 소립니까? 이거 좋게 좋게 넘어가려고 하니까, 우리를 아주 개조……."

"앉아."

"……지금 뭐라고……."

"앉으라고."

눈에는 눈.

이에는 이.

본인의 탐욕을 위해서 목소리를 높이는 자들에게 똑같은

대우를 해 줘서는 안 된다.

나는 엉거주춤한 자세의 반빡이를 바라보며 말했다.

"앉아서 이야기하자고."

때로는 강경책이 답일 때가 있다.

바로 지금처럼.

"여기 모이신 분들, 문제가 엄청 많아 보이는데…… 벌써부터 도망가려 그러시면 어떻게 하나?"

내가 히죽이면서 말하자 반빡이가 말을 더듬으면서 답했다.

"너, 너는 떳떳해? 어?"

그 말에 나는 활짝 웃으면서 말했다.

"당연하지. 리멘 교단은 대한민국 법과 국제법을 준수하는 모범 교단이거든."

❧

나는 법 없이도 살 수 있는 사람이다.

"리멘 교단과 김시우 교황님의 협조에 감사드립니다! 건네주신 증거 자료를 통해 철저하게 죄를 밝혀내어 죗값을 받게 하겠습니다!"

2시간의 기나긴 심문……이 아니라, 회담이 끝난 후.

나는 그 자리에 모여 있던 사이비 교주들을 그대로 김 실장에게 넘겼다.

우리 교단의 이단심문관들이 수집한 정보는 정말 엄청난 수준이었다.

제보를 통해 정보가 들어오고, 그 정보를 취합하여 조사를 하고.

레오가 진짜 최선을 다해서 키워 냈다는 게 절로 느껴질 정도의 조사력이었다.

"교단의 이름으로 직접 심판을 내렸어도 문제없었을 악인들이었습니다."

은택 씨는 정부 측에 인계되어 가는 사이비 교주들을 바라보면서 나지막하게 말했다.

"이단심문관들은 언제라도 악에게 심판을 내릴 준비가 되어 있습니다, 성하."

"저라고 안 그러고 싶었겠습니까."

사람들에게 더 나은 길을 제시하고, 함께 걸어가는 것이야말로 신앙의 올바른 순기능이라고 생각한다.

어떤 신앙을 지니고 있든, 최소한 남들에게 피해는 주지 말아야 한다.

그런 점에서 봤을 때 저들은 선을 넘어도 너무 넘었다.

온갖 악행으로 범벅이 되어 있더라.

그동안 저들은 사람들의 일상 속에 파고들어 얼마나 거머리처럼 고혈을 빨아 댔던 걸까?

감히 가늠할 수조차 없었다.

"직접 손을 보기에는 시기가 좋지 않아요."

이런 시기에 우리가 직접 나서서 모든 걸 정리해 버린다면 안 좋은 소리를 들을 게 뻔했다.

리멘 교단이 다른 종교를 탄압하고 있다, 리멘 교단이 대한민국의 국교가 되려고 한다.

기성종교들도 들고일어나면서 부정적인 여론이 조성되었겠지.

그래서 딱 여기까지다.

이 이후의 영역은 정부 측에서 알아서 진행할 테지.

"정 안 되면 나중에 조용히 교단의 지하로 납치해 옵시다. 은택 형제님, 어떻습니까?"

"좋은 의견이십니다."

"그렇죠?"

나는 슬쩍 웃으면서 은택 형제의 등을 두드렸다. 그리고 슬쩍 뒷짐을 진 채로 등을 돌렸다.

"자, 오늘 일도 거의 다 끝났으니 집으로 돌아가서 마저 식사를…… 아, 은택 형제님, 식사하셨습니까?"

"아닙니다."

"제 동생들이 둘 다 오늘 저녁을 밖에서 먹고 온다더라구요. 오래간만에 단둘이 오붓하게 식사라도?"

"그래도 되겠습니까?"

"물론이죠. 성지 앞에 있는 삼겹살집 어떻습니까? 오랜만에 소주도 한잔. 좋죠?"

"좋습니다."

나는 이은택 씨와 함께 천천히 성지의 정원을 걸었다.

여전히 시민들의 출입이 통제되어 있는 정원.

다음 주부터 다시 시민들의 출입이 가능해지는데, 사람들이 없으니 정원이 꽤 쓸쓸하다.

"교화아아아아앙!"

"우리랑 놀아 줘!"

그리고 그건 항상 정원에서 놀고 있는 페어리들도 마찬가지인 것 같았다.

나는 나를 향해 엄지손가락을 치켜들어 주는 페어리들을 바라보았다. 그리고 그들을 따라 엄지손가락을 들었다.

"성지 잘 지키고 있어 줘."

"어디 다녀오게?"

"어디 가는데!"

"은택 형제님이랑 삼겹살 먹으러. 왜, 같이 갈래?"

그러자 페어리들이 고개를 가로저었다.

"아니!"

"올 때 딸기라도 사다 줘!"

"나는 오렌지!"

"나는 사과!"

하여간에 페어리들과 함께하면 정신없다니까.

올 때 과일 가게라도 들르긴 해야겠다.

눈이 오나 비가 오나 우리 성지를 예쁘게 가꿔 주는 페어리들에게 잘해 줘야지.

시끄럽긴 해도 귀엽잖아?

"성하."

페어리들 덕분에 시끌벅적한 정원을 지나고 있는 도중, 내옆에서 함께 걷고 있던 은택 씨가 조용히 나를 불렀다.

"예."

"한데 아까 전에 정부 측으로 인계한 사이비 교주들에 대해서 언론 쪽에 조치를 취하는 것이 좋지 않겠습니까? 잘못하면 시위를 벌이던 자들을 리멘 교단과 정부가 결탁하여 구속했다는 헛소문이 퍼질 수도 있습니다."

이단심문관으로서 후속 조치를 고민하는 우리의 은택 씨.

든든하기 그지없었다.

하지만 나는 웃으면서 가볍게 손을 내저었다.

"안 그래도 세종일보 쪽에 이야기해 뒀습니다. 아마 지금쯤이면 그 사람들의 범죄행위에 대한 보도가 이어지고 있을걸요."

헤드라인이 대충 예상이 간다.

우리 교황님 좀
말려 주세요

〈리멘 교단의 대한민국 추방을 요구하던 자들, 알고 보니 흉악범?〉

딱 자극적인 맛이지.

이 자리에 있으면 해야 하는 일이 많아서 귀찮긴 하다.

틈틈이 언론 쪽과도 이야기를 잘 나눠야 하고, 여론도 긴밀하게 신경 써야 하고.

이게 아마 서 대통령이 말한 리더의 무게가 아닐까?

"항상 지금처럼만 해 주세요, 은택 형제님. 지금처럼만 해 주신다면 더할 나위 없이 든든할 것 같습니다."

"믿어 주셔서 감사합니다, 성하."

"제가 감사하죠."

북한 출신에, 잃어버린 땅에서 죽을 날만 기다리던 사람이 이제는 믿음직한 이단심문관이 되어 있다.

이런 인복이야말로 리멘의 은총이지, 안 그래?

그렇게 내가 기분 좋게 정원을 걷고 있을 때였다.

우우우웅.

주머니에 넣어 둔 스마트폰이 진동했다.

전화기를 꺼내 확인해 보니 발신자는 다름 아닌 인욱이었다.

"어, 그래, 인욱아. 그레이스랑 잘 만나고 있고?"

-형, 뉴스, 뉴스!

"뉴스?"

─일단 빨리 봐 봐! 아니, 교황이라는 사람이 나보다 늦게 알면 어떻게 하자는 거야!

뭔데 이렇게 호들갑이야?

나는 미간을 찌푸린 다음, 투덜거리면서 포털 사이트에 접속했다.

포털 사이트에 대문짝만하게 걸려 있는 '속보'.

나는 그 '속보'를 확인하자마자 얼굴을 잔뜩 구길 수밖에 없었다.

그리고 전화기 너머의 인욱이를 향해 말했다.

"확인했다. 끊어."

─그레이스 돌려보낼까?

"이건 교단 일이야. 잘 놀다가 들어와라."

빠르게 전화를 끊은 다음, 곧바로 은택 씨에게 말했다.

"식사는 나중에 하도록 합시다, 은택 형제님. 간부들을 긴급 소집하겠습니다."

포털 사이트의 정면을 자치한 '속보'는 다음과 같았다.

〈한때 대한민국에서 철수한 백명교, 국내에 새로운 교구를 신설할 예정.〉

〈리멘 교단과 중국 대륙을 양분한 백명교, 국내에 재진출하나?〉

큰 게 왔다.

그것도 아주 큰 게.

"하아."

분열된 틈 속으로 혼돈이 스며들고 있었다.

나는 주먹을 가볍게 쥐면서 빠르게 발걸음을 옮겼다.

새로운 국면 (1)

백명교가 내딛는 한 수는 우리로서는 꽤 당황스러울 수밖에 없었다.

"진짜 백명교 놈들은 일도 도움이 안 돼요. 해변 가서 입을 수영복까지 다 샀는데, 어? 휴가 중 소집은 너무하잖아요!"

"비상 상황이잖아."

"알아요. 아니까 백명교 놈들한테 화를 내는 거지."

급작스럽게 열린 간부 회의.

라파르트 대주교, 레오, 루나를 포함한 교단의 핵심 간부들은 모두 모였다.

민수 씨와 박지원 고문 같은 관계자들은 소집 대상에서 제외되었다.

인욱이와 마찬가지의 이유였다.

이건 어디까지나 교단 대 교단, 그리고 신앙 대 신앙의 일이었기 때문이다.

그래도 딱 한 명, 교단에 소속되지 않은 인원이 회의에 참석했다.

"그럼 간략하게 상황을 말씀드리겠습니다."

바로 이능관리부 소속의 김 실장이었다.

"백명교에서 우리 정부 측에 공식적으로 입장을 전달했습니다. 백명교는 전각련 쪽과 협력했던 과거를 진심으로 사과하며, 대한민국 국민들을 도울 수 있도록 최대한 노력하겠다. 이것이 그들의 공식 성명이었습니다."

백명교는 전각련과 같은 편에 서서 정부를 압박했었다.

그 때문에 정부 쪽과는 당연히 사이가 좋지 않았는데, 저쪽에서 먼저 저자세로 나오고 있었다.

"백명교의 교세는 중국 정부의 적극적인 지원 속에서 빠르게 퍼져 나가고 있습니다. 리멘 교단도 이 점은 인지하고 계실 거라 생각합니다."

중국의 현 상황을 정리하자면 이렇다.

중국 북부에서는 백명교.

중국 남부에서는 리멘 교단.

주요 도시들 대부분이 정화자로부터 해방되었고, 중국 정부는 우리 교단의 개입을 허용함과 동시에 모든 종교들의 포교를 해제해 버렸다.

상해와 그 일대에만 종교의 자유를 보장해 줄 것이라는 우리의 판단보다 훨씬 더 나아간 판단이기도 했다.

그 속에 숨은 중국 정부의 계산을 알아차리는 것은 그리 어려운 일이 아니었다.

"백명교를 통해서 리멘 교단의 영향력을 줄이겠다, 이렇게 들리네요."

이이제이.

중국 정부는 오랑캐는 오랑캐로 잡는다는 전통적인 병법을 사용하기로 마음먹은 거다.

명분도 있다.

모든 종교를 평등하게 대하겠다는 명분.

내 말에 김 실장이 고개를 끄덕였다.

"맞습니다. 중국 북부 지역에서도 리멘 교단의 신도들이 꽤 늘어나고 있지만, 아무래도 백명교를 따라갈 수는 없습니다. 백명교의 이름으로 구호 작업이 진행되고 있는 곳이 많고, 정보원의 이야기에 따르면 중국 쪽 여론도 굉장히 호의적이라고 합니다."

"힘들 때 손을 내밀어 준 사람을 좋아하는 건 당연한 거죠. 우리도 마찬가지니까."

중국 남부에서 리멘 교단에 전폭적인 지지를 보내는 이유와 동일했다.

나는 고개를 천천히 끄덕였고, 김 실장의 이야기가 이어졌다.

"다만, 한 가지 궁금한 건 이겁니다. 그들이 어째서 이곳으로 들어오려 하는지, 그 이유를 모르겠습니다. 그들은 이미 중국 북부에 완전하게 자리를 잡았습니다. 인구 숫자도 적은 대한민국에 굳이 들어올 이유가……."

"하나 있죠."

"……무엇입니까?"

"우리 교단을 노리고 들어오는 겁니다."

백명교가 본격적으로 이빨을 드러냈다.

정화자의 영향력이 사실상 중국 서부 산악 지대에 한정되어 버린 순간, 우리와 백명교는 서로가 서로를 견제해야 하는 상황에 놓였다.

고대 신을 숭배하는 자들과 리멘을 숭배하는 우리가 섞일 수 있을 리가 있나.

처음부터 정화자와의 관계만큼이나 최악이라고 치부할 수 있는 사이였다.

공동의 적이 사라지니 다시 그 관계가 우선이 되고 있을 뿐이었다.

나는 한숨을 푹 내쉰 다음, 조용히 김 실장에게 말했다.

"정부의 공식 입장도 중요할 것 같습니다."

내 말에 김 실장의 표정이 어두워졌다.

"이런 말씀을 드리기 참 어렵지만…… 저희로서는 그들의 포교를 막을 법적 근거가 없습니다. 또한 야당에서도 그들을 받아들여야 한다고 강력하게 목소리를 내고 있습니다."

"어째서죠?"

"그래야 리멘 교단의 독주를 견제할 수 있을 것이라는 의견 이죠. 그 부분에 대해서 대통령께서 이미 야당 대표와 이야기 를 나누었으나, 그들은 이미 기조를 정한 듯 보였습니다."

야당의 비호를 받는다라.

아무래도 백명교 쪽에서 야당 쪽에다가 미리 작업을 쳐 둔 것처럼 보였다.

"게다가 이미 국내에서 백명교의 신도들이 빠른 속도로 증 가한 것으로 보입니다. 지방에서는 벌써부터 신전을 건설하 겠다는 신청이 들어오고 있습니다."

"……신전이라면?"

"백명교의 신을 모시는 곳이라고 합니다."

"이때다 싶어서 빠르게 파고들 생각인가 보네요."

리멘 교단에 대한 부정적인 여론이 생성된 지금, 백명교가 승부수를 던지는 거다.

이래서는 곤란하다.

애초에 백명교와 싸울 전장은 중국 쪽으로 잡으려고 했는 데, 도리어 백명교에서 우리 홈그라운드 쪽으로 파고들어 온다.

우리가 중국에서 전쟁을 이어 나가고 있는 사이 미리 사전 작업까지 끝내 둔 것 같았다.

어쩐지 조용하더니만.

"만약에 정부 측에서 백명교의 접근을 막아 버린다면……."

"그건 그것대로 야당에서 좋아할 일이기도 합니다. 야당 측에서 정부와 리멘 교단의 커넥션을 주장하며 여론을 움직이려 들 겁니다. 그렇게 되면 리멘 교단 역시 타격을 입으니, 야당이나 백명교나 잃을 게 없는 싸움입니다."

"그동안 일이 너무 잘 풀리기는 했었죠."

고난과 역경이 없었던 길.

그 길에 본격적으로 장애물이 생긴 셈이다.

"외통수네."

이번엔 한 방 먹었다. 녀석들이 야당 정치인 쪽에 기름칠을 하고, 국내에서 조용히 신도들을 늘리는 걸 방치해 둔 대가기도 했다.

전쟁을 준비하느라고 너무 정신이 없었긴 했지.

이단심문관들 대부분이 중국에서 정보를 조사하면서 정보 공백이 좀 생겼고.

나는 한숨을 푹 내쉬었다. 그리고 간부들을 둘러보면서 말했다.

"좋은 아이디어 있는 사람?"

내 질문에 간부들 중 그 누구도 대답하지 않았다.

그들도 지금 상황이 어떤지 알고 있었기 때문이다.

지금 상황에서 백명교를 또다시 밀어내는 건 불가능하다.

밀어내더라도 얻는 것보다 잃을 게 훨씬 많기 때문이다.

결국, 우리가 선택해야 할 것은 한 가지뿐이다.

"받아들입시다."

이렇게 된 이상 받아들이는 것 말고는 방법이 없었다.

중국에 한정 지으려고 했던 전선이 대한민국까지 확장되어 버린 셈.

받아들일 건 받아들여야 한다.

그래야 추후를 도모할 수 있다.

내 말에 김 실장이 고개를 작게 숙였다.

"알겠습니다."

"대통령님께는 제가 직접 전화로 말을 하도록 하겠습니다."

"예."

이렇게 된 이상 판을 처음부터 다시 짜야 한다.

더 이상 대한민국은 우리가 잡은 토끼가 아니다.

다시 경쟁을 시작해야 할 때란 소리다.

나는 손으로 머리를 짚으면서 한숨을 푹 내쉬었다.

"다들 백명교의 국내 진출을 가정해 두고 계획을 짜 두도록 합시다."

내 말에 레오가 손을 들었다.

"성하, 어떤 경우까지 가정해야 합니까? 그러니까⋯⋯."

"국내에서 무력 충돌이 일어나는 경우까지 고려해서 계획을 수립해야 해."

"알겠습니다."

국내에서 붙는 건 최악의 상황이겠지만 어쩔 수 없었다.

모든 경우에 대비해 두는 것이 내가 해야 할 일이었으니까.

오늘따라 소주가 당겼다.

"당분간은 야근 확정이네."

"하아아."

"흐음."

집무실 곳곳에서 탄식과 침음성이 터져 나왔다.

❧

긴급회의가 종료된 이후, 나는 곧바로 서신우 대통령에게 전화를 걸었다.

─오랜만에 목소리를 듣는 것 같습니다, 김시우 교황님.

전화기 너머의 서신우 대통령은 넉살 좋게 인사를 건넸다.

하지만 목소리에 피로감이 잔뜩 섞여 있는 걸 보니, 상태가 썩 좋아 보이진 않았다.

"목소리가 피곤해 보이십니다."

－요새 야당 쪽의 반발도 심하고, 이래저래 고민이 많습니다. 신경 써 주셔서 감사합니다.

"제가 조만간 한번 찾아뵙고 축복이라도 해 드려야 하는데, 요새 영 경황이 없네요."

－하하…… 저도 요새 집무실 밖으로 나가지를 못합니다. 아, 혹시 이번 백명교 건에 대해서는 김 실장을 통해 이야기를 들으셨습니까?

"예."

내 대답에 전화기 너머의 서 대통령이 한숨을 푹 내쉬었다.

－그렇게 되어 죄송합니다. 제가 꼼꼼하게 챙겼어야 하는 문제인데…….

"대통령께서 잘못하신 일은 아니잖아요. 괜찮습니다. 이제부터는 저희가 해결해야 할 문제죠."

저쪽에서는 앞으로 집요하게 정부와 우리 교단의 관계를 파고들 것이다.

그렇기 때문에 당분간은 정부 측과 살짝 거리를 둘 필요가 있었다.

그런 상황이 되면 피차 곤란해지긴 마찬가지였으니까.

"중국 내전에 대한 문제도 교단 내부에서 이미 협의가 끝났습니다."

―어떤 결론에 이르셨습니까?

"휴전입니다. 리멘 교단은 해방시킨 지역의 안정과 전력 재정비를 위해 전쟁을 잠시 멈출까 합니다. 시안과 난징이 함락된 이상, 당면한 위협은 해결되었으니까요."

내 말에 서 대통령이 작게 탄식을 내뱉었다.

―현재 중국 북부와 남부의 파벌이 극명하게 갈린 상태입니다. 교황님께서는 대한민국이 어느 쪽을 지원하길 바라십니까?

"선택할 수 있는 문제였습니까?"

―이제 그 정도는 됩니다.

"상해 쪽에 집중을 해 주시면 감사할 것 같습니다."

―문제없습니다.

중국은 사실상 분단에 가까워지고 있는 상황이다.

10년 전과 비교해 보면, 중국과 대한민국의 입장이 서로 바뀐 모양새다.

―교황님, 뭐 하나만 물어봐도 되겠습니까?

"얼마든지요."

―백명교가 대한민국으로 다시 진출하려는 이유는 오로지 리멘 교단 때문입니까?

그 질문에 쉽게 대답해 줄 수가 없었다.

우리를 견제하기 위해서 들어오는 건 확실했다. 하지만 그 밖의 이유도 분명히 존재할 것이다.

"그건 저희도 계속 알아봐야 할 것 같습니다."

—그들이 그 고대 신이라는 존재들을 정말로 이 땅에 강림 시킨다면, 대한민국은 어떻게 됩니까?

예전에 서 대통령에게 따로 그 이야기를 해 줬던 적이 있었다.

고대 신과 백명교.

지금 전 세계에서 일어나고 있는 사건 사고의 뒤에 서 있는 존재들에 대해서 말이다.

나는 그 질문에 잠시 숨을 죽였다. 그리고 나지막한 목소리로 답했다.

"그들을 따르는 자들만이 남겠죠."

—따르지 않는다면요?

"새로운 질서를 받아들이지 않는다면 최후를 맞이하게 될 겁니다."

내 대답에 전화기 너머로 다시 한번 크게 한숨이 들려왔다.

—……디멘션 오프닝 이후로 정말 많은 일이 일어났습니다만은, 여전히 실감이 나질 않습니다. 몬스터고, 신이고. 현실을 직시해야 할 정치인들에게는…… 너무 힘든 세상입니다.

"동감합니다."

용건은 그것으로 끝.

—조만간 세종으로 초청하겠습니다. 자세한 이야기는 그

때 나누면 좋겠군요.

"불러만 주신다면 언제든지 찾아뵙겠습니다."

대통령과의 통화가 끝났고, 나는 전화기를 책상 위에 내려놓았다.

그리고 양손으로 얼굴을 쓸어내렸다.

"하아."

나름 열심히 일을 해 왔다고 생각했는데, 어째 가면 갈수록 난이도가 더 높아지는 것 같냐.

해도 해도 끝이 없는 것 같다.

"주인. 힘내."

어느새 백설이가 내 옆에 다가와서 머리를 비볐다.

나는 백설이의 머리를 쓰다듬으면서 고개를 끄덕였다.

"그래야지. 그런데 백설아."

"응?"

"가족들 경호는 어떻게 하고 여기에 있냐?"

"걱정하지 마. 분신을 붙여 뒀으니까."

"……이제는 분신도 쓸 수 있어?"

"당연하지. 지난번에 리멘님이 오셔 가지고 새로운 능력을 주고 가셨다고!"

지난번에 리멘이 현신했을 때 백설이를 껴안고 잔뜩 쓰다듬어 줬던 모습이 떠올랐다.

백설이가 부럽기는 했었지.

그때 새로운 능력을 각성한 건가?

"시연이, 인욱이, 할머니. 전부 나 혼자서 경호할 수 있으니까 걱정하지 마."

그건 듣던 중 반가운 소리다.

분신을 통해서 가족들 모두를 경호할 수 있다라……. 그래도 백설이 이 녀석, 여태까지 키운 밥값은 톡톡히 하는구나.

나는 계속해서 녀석의 털을 쓰다듬으며 말했다.

"지금부터는 더 빡세질 거야. 괜찮지?"

"난 언제나 괜찮아! 나만 믿어, 주인."

"그래."

거친 폭풍우가 우리를 향해 몰려오고 있었다.

ꏩ

결국, 정부에서는 백명교의 국내 진출을 허용할 수밖에 없었다.

그에 맞춰서 백명교는 곧바로 부산에 본인들의 신전 건설 계획을 선언했다.

서울에도 신전을 세우기로 약속했으며, 신전에서는 무료로 의료 서비스를 제공한다고 말했다.

적극적인 물량 공세.

일반인들에게는 의료 서비스를 포함한 복지 정책으로 호

감을 이끌어 내려고 했고, 각성자들에 대한 정책도 마찬가지였다.

잃어버린 땅을 탐사하는 이들에게 무료로 사제를 파견해 주기로 했다.

중국 내전으로 인해서 관심이 많이 식기는 했으나, 여전히 잃어버린 땅 탐사는 활발하게 이루어지고 있었으니까.

"저건 우리 교단의 정책 대부분을⋯⋯."

"카피한 거지. 조금 더 보완을 한 거고."

우리는 아침 일찍부터 신전에 모여서 대책을 마련하고 있었다.

TV에서는 쉴 새 없이 백명교에 대한 이야기가 흘러나왔다.

백명교 쪽과 사전에 이야기가 되었는지, 많은 언론사들이 일제히 백명교에 관한 기사를 보도하고 있었다.

"치킨 게임이네요."

루나는 뉴스에서 보도하고 있는 내용들을 바라보면서 고개를 끄덕였다.

"자기네들은 체급에 자신이 있다는 거야."

"돈이 어디서 그리 많이 났대?"

"꽤 오래전부터 준비했을 테니, 알게 모르게 힘을 많이 비축해 뒀겠지. 게다가 지금은 중국 정부 쪽과 손을 잡고 있기도 하고."

중국 정부로서도 우리를 견제하기 위해서는 당연히 백명

교 쪽을 밀어줄 수밖에 없었다.

외부에서는 중국 정부와 손을 잡은 백명교가 밀고 들어오고.

안에서는 우리의 힘을 약화시켜서 이득을 보고 싶어 하는 세력들이 꿈틀거리고 있고.

이러나저러나 우리한테 불리한 상황인 건 틀림없었다.

"우리 교단을 깎아내리려는 사람들이 괘씸하진 않으세요?"

"괘씸하긴 하지만 뭐…… 이해가 안 가는 건 아니잖아?"

"인간이란 원래 그렇죠."

"인간이니까."

탐욕에 물들기 쉬운 존재가 바로 인간이다.

특히, 권력욕은 탐욕 중에서도 가장 지독한 쪽에 속한다.

그래서 딱히 놀랍지도 않다. 그들은 그들의 본능대로 행동하고 있는 거다.

"경쟁자가 생기는 건 어쩔 수 없지."

여태까지 진짜 탄탄대로를 달리기는 했었다.

기성종교들과는 신도 풀도 달랐고, 초기 경쟁에서도 백명교를 압살했었으니까.

하지만 지금은 상황이 다르다.

저 녀석들은 중국에서 엄청나게 몸집을 키운 채로 들어왔다.

게다가 오늘 아침에 생성되었던 초대형 게이트 역시 자현이가 출동하기 전에 저들이 해결했다.

여론이 좋을려야 좋을 수가 없는 상황.

나는 한숨을 푹 내쉬면서 TV 속의 익숙한 얼굴을 바라보았다.

금발에 빨간색 눈동자.

일전에 만난 적이 있던 백명교의 대교구장이었다.

["저희가 모시는 분께서는 여러분들이 항상 평안하고 행복하기를 원하십니다. 질서를 어지럽히는 것들은 저희가 모두 처리할 테니, 여러분들은 걱정하실 필요 없습니다."]

부산에 설치된 그들의 임시 신전에서 백명교의 기자회견이 진행 중이었다.

기자들 중 한 명이 그녀에게 대놓고 리멘 교단과의 관계에 대해서 질문을 던졌다.

그러자 그녀는 웃으면서 대답했다.

["리멘 교단과는 언제든지 대화를 나눌 준비가 되어 있습니다. 그리고 그것은 리멘 교단의 김시우 교황님 역시 마찬가지일 거라 생각합니다. 그리고 리멘 교단뿐만 아니라 개신교, 불교 등을 비롯한 기성종교들과도 언제든지 대화를 나누겠습니다."]

우리 교황님 좀
말려주세요

누가 보면 언제라도 다른 종교를 포용할 자세가 되어 있는 줄 알겠다.

저놈들은 그들에게도 본인들의 질서를 강요할 것이다.

어림도 없는 소리지.

한마디로 저게 다 쇼라는 건데, 문제는 그 쇼가 너무나도 효과적으로 잘 먹히고 있다는 거다.

"현재 인터넷 각종 커뮤니티에서도 반응이 너무 뜨거워요. 아무래도⋯⋯ 외모의 역할이 엄청 큰 것 같아요."

"루나 너는 저 대교구장에 대해서 어떻게 생각해?"

"인형 같은 외모긴 하잖아요? 예쁘죠. 저런 걸 보고 인형 같다, 조각 같다고 하는 거지 뭐."

외모에 대해서만큼은 확고한 기준을 지닌 루나가 예쁘다고 할 정도면 확실히 예쁜 건 맞다.

물론 내 기준은 리멘이었기 때문에 딱히 예쁘다는 생각은 안 들었지만, 다른 사람들은 아닌 것 같다.

[제목 : 오늘부터 백명교 들어감]

내용 : 대교구장 누나⋯⋯ 근데 일반인도 각성자로 만들어 준다는 게 사실일까?

ㄴㅇㅇ중국에서 이미 유명함

ㄴ가능한 것 같던데?

ㄴ진심으로 믿으면 얼마든지 가능하다고 그랬음

ㄴㅋㅋㅋ이제 리멘빠들 정신 못 차리고 처맞겠네. 백명교가 상위 호환 아니냐?

　　ㄴ리멘께서 여러분들의 덧글을 지켜보고 계십니다. 예쁜 덧글 부탁드려요

　　ㄴ응~ 백명교 들어갈 거니까 리멘 안 무서워~

　　딱 봐도 호의적인 여론이 조성되어 있다.

　　거기에 언론들까지 나서서 지원사격을 가하고 있으니, 어쩌면 당연한 결과일지도 모르겠다.

　　나는 가만히 TV를 지켜보았다.

　　백명교의 기자회견은 엄숙하면서도 부드러운 분위기 속에서 계속 이어졌다.

　　백명교가 어떤 종교인지에 대한 소개와 함께 향후 계획에 관한 이야기도 흘러나왔다.

　　그렇게 한 20분 정도가 흘렀을까?

　　대교구장이 카메라를 응시하면서 말했다.

　　["한때, 저희는 대한민국에 혼란을 가져올 뻔했습니다. 백명교를 대표하여 사죄를 드립니다."]

　　그녀가 허리를 숙였고, 그녀의 옆에 있던 백명교의 신도들도 허리를 숙였다.

잠시 후, 그녀는 다시 고개를 들어서 옷매무새를 가다듬었
다. 그리고 한껏 정돈된 목소리로 말을 이어 갔다.

["이 자리를 빌려 리멘 교단과 기성종교들에 제안을 하나 건네고자
합니다."]

"저년 저거 지금……."
"일단 들어나 보자고."
제안이라.
도대체 무엇을 제안하려는 걸까?

["앞으로 대한민국이 훌륭한 신성 계열 플레이어들을 육성할 수 있도
록 정보를 교환하는 자리를 마련해 볼까 합니다. 여러분들에게 1차 종교
회의를 제안합니다."]

……도대체 무슨 생각을 하고 있는 거지?
나는 눈살을 찌푸리면서 TV 속을 주시했다.

⚜

백명교가 공식적으로 제안한 1차 종교 회의는 빠른 속도
로 확정되었다.

종교 회의에 참가하는 종교는 우리 교단까지 포함해서 총 다섯 곳.

리멘 교단, 백명교, 가톨릭, 개신교, 불교.

이렇게 해서 총 다섯 개의 종교였다.

우리 교단을 제외한 나머지 세 곳에서 적극적으로 호응하는 바람에 1차 종교 회의는 불과 3일 만에 개최되었다.

"오랜만에 뵙습니다, 김시우 교황님! 잘 지내셨습니까?"

"아, 법운 스님."

"간간이 카톡 주고받는 사이잖습니까. 마음만 같아서는 저도 중국에 가고 싶었는데…… 아쉽게도 위쪽에서 극구 말리더군요. 죄송하게 되었습니다!"

이곳은 이능관리부 본청의 최상층 회의실.

이곳에는 반가운 얼굴들이 둘 있었다.

한 명은 오자마자 나에게 친근하게 말을 거는 불교 측 대표 법운 스님이었고, 다른 한쪽은 예전 대전 난민촌에서 인연을 맺은 서 목사였다.

"두 분 다 못 본 사이에 많이 강해지셨네요."

"불심으로 충만한 하루를 보내고 있습니다! 하하."

"이게 다 하나님의 은총입니다. 하나님께서 그때 김시우 교황님을 저에게 보내 주셨기에 가능한 일입니다."

"……저는 리멘을 모시는데요."

"알고 있습니다."

오랜만에 만나서 그런가?

이 사람들 캐릭터도 참 독특하다.

각각 현재 불교와 개신교를 대표하는 신성 계열 플레이어들.

우리 교단이 잠시 대한민국에서 자리를 비운 사이, 열심히 활약하고 있던 에이스들이기도 했다.

아, 그리고 가톨릭 측의 대표는 얘다.

"스승님, 오늘 백명교와 싸우실 생각이면 제가 지금이라도 가서 검을 가져올까요?"

"오! 성녀 그레이스 양 아닙니까? 법운이라고 합니다!"

"반가워요, 스님."

"한국말을 참 잘하시는군요."

"남자 친구가 한국인이라서요!"

"……성녀에게 남자 친구가 있습니까?"

"네. 뭐, 안 될 거라도?"

개성 넘치는 둘에다가 그레이스가 더해지니 분위기가 진짜 산만하다.

그래도 이 자리에 나온 대표들이 전부 나랑 안면이 있는 이들이라 다행이다.

"다들 일단 앉으시죠."

"백명교 쪽이 좀 늦는 것 같습니다?"

"아직 회의 시작 시간까지 30분이나 남았으니까요. 여러분들이 너무 빨리 오신 거 아닙니까?"

백명교를 제외한 나머지 인원은 모두 도착했다.

오늘 회의를 주관하는 것은 이능관리부의 유선호 장관이다.

유선호 장관이야 항상 시간이 되어 들어오는 거고.

그나저나 백명교 쪽의 대표로는 누가 나올까?

지난번에 대교구장이 직접 기자회견을 나왔던 걸 보면, 그녀가 전면으로 나서려는 걸까?

"백명교 쪽에서 먼저 저렇게 적극적으로 나설 줄은 몰랐습니다."

서 목사가 부드러운 목소리로 말했다.

그리고 그 말을 법운 스님이 받았다.

"원래 예전에는 저런 스탠스가 아니었던 걸로 기억합니다. 전각련과 함께하지 않았습니까?"

"그랬죠. 그 당시에는…… 굉장히 음침한 느낌이 있었고, 양지로 진출하려다가 실패했었습니다."

"리멘 교단이 전각련을 무너뜨렸…… 아, 실례되는 표현이겠군요. 죄송합니다."

"아닙니다."

나는 법운 스님의 말을 부정할 생각은 없었다.

전각련을 무너뜨린 건 우리 교단이 맞다.

그리고 다른 사람들도 굳이 내색하진 않더라도, 전각련이 무너진 건 결국 내 영향력이 가장 컸다는 걸 인지하고 있다.

"하여간에 리멘 교단에 의해 쫓겨났던 사람들이 다시 국내로 진출한다고 하니…… 개인적으론 좀 껄끄럽습니다."

"저도 법운 스님과 생각이 비슷합니다."

그들의 우려는 충분히 이해한다.

기성종교들은 현재 우리 교단 때문에 제대로 힘을 쓰지 못하는 상황이다.

이런 상황에 백명교까지 비집고 들어온다?

그들로서는 위기감을 느낄 수밖에 없겠지.

그렇게 우리가 대화를 나누고 있을 때였다.

끼익.

문이 열리는 소리가 났고, 우리는 동시에 문 쪽을 바라보았다.

그곳에는 하얀색 예복을 입고 있는 금발 머리의 소녀가 서 있었다.

바로 백명교의 대교구장이었다.

그녀는 입가에 미소를 품은 채 자신에게 배정된 자리로 향했다.

그리고 의자에 착석하기 전, 우리에게 고개를 숙이면서 인사를 건넸다.

"백명교의 대교구장, 신지혜라고 합니다."

생각해 보니 그녀의 이름을 오늘 처음 들었다.

자신의 이름을 소개한 대교구장은 천천히 자리에 앉았고, 그런 그녀를 향해 법운 스님이 넉살 좋게 질문을 던졌다.

"한국분이셨습니까?"

"예, 그렇습니다."

"저는 또 머리색과 눈동자를 보고 오해를 했지 뭡니까."

"제가 모시는 분의 은총입니다."

대교구장은 다른 사람들과 가볍게 인사를 나눈 후 다시 나를 바라보았다.

"이번에는 한국에서 뵙게 되었습니다, 교황님. 전장에서 뵌 게 아니니 관용을 베푸실 거라 생각합니다."

"누가 보면 내가 죽여 버린다고 한 줄 알겠어."

"실제로 전장에서 만나면 죽여 버리겠다, 그리 말씀하셨던 걸로 기억합니다."

"기억력은 좋네."

"이것 역시 제가 모시는 분께서 내려 주신 은총이지요."

무슨 생각을 하고 있는지 여전히 알 수 없는 얼굴.

나는 그녀의 붉은색 눈동자를 바라보며 크게 한숨을 뱉어 냈다.

그리고 그때, 다시 한번 문이 열리면서 유선호 장관이 안으로 들어왔다.

"다들 일찍 모이셨군요."

유선호 장관은 살짝 피로한 표정으로 안으로 들어섰다.

그리고 회의실의 중앙에 앉은 다음, 웃으면서 말했다.

"이 회의가 제 마지막 공식 업무입니다. 이 회의를 끝으로 저는 이능관리부 장관의 자리에서 내려옵니다. 이런저런 책임을 지게 되었습니다."

오늘 들었던 이야기 중 가장 당황스러운 이야기였다.

유선호 장관이 물러난다고?

……왜?

"제가 나이도 나이니만큼 이제 은퇴를 하고 쉴까 합니다. 김시우 교황님, 그때 제안은 유효합니까?"

"……충분히 쉬시고 이력서 넣어 주십시오. 제가 읽어 보고 판단하겠습니다."

"하하! 좋습니다. 걱정은 덜었네요. 자, 그럼 대교구장님께서 모으셨으니, 대교구장님께서 회의를 진행해 주시면 될 것 같습니다."

일단 정부 쪽에서는 관망하겠다는 자세를 취하고 있는 거고.

백명교의 주요 안건이 핵심이겠군.

유선호 장관의 말에 대교구장은 고개를 끄덕였다. 그리고 주위를 둘러보면서 말했다.

"저희 백명교에서 여러분들에게 일반인을 신성 계열 플레이어로 각성시킬 수 있는 방법을 공유해 드리고자 합니다."

"예?"

"……뭐라구요?"

녀석들이 시작부터 폭탄을 던졌다.

그것도 수소폭탄을.

다음 권으로 이어집니다

우리 교황님 좀
말려 주세요

사상 최강의 양손투수

RAS 스포츠 장편소설

천둥 같은 좌완 파이어볼러
지진 같은 우완 언더핸드
양어깨로 펼쳐 내는 불꽃 컬래버레이션!

30대 중반 데뷔, 3회 연속 사이 영 상 수상
대기록의 소유자, 불굴의 천재
그러나 마음속 한구석에 꿈틀거리는 거대한 아쉬움

조금만 더 일찍 도전했더라면……

미련의 절정에서 19세로 회귀했다?
이제 양어깨에 양키스의 명운을 진 채
다시 한번 로열로드를 걸어간다!

믿어라, 그리하면 신이 강림할지니
스위치 피처 김신金信의 투수신投手神 등극기!

꿈의 도약, 로크에서 하십시오
(주)로크미디어에서 신인 작가를 모십니다

즐거운 세상, 로크미디어는 꿈을 사랑하고 도전을 두려워하지 않는 작가 분들의 참신한 작품을 기다리고 있습니다. 21세기 장르 문학계를 이끌어 갈 차세대 선두 주자 (주)로크미디어에서 여러분의 나래를 활짝 펴 보시길 바랍니다.

모집 분야 판타지와 무협을 포함한 장르 문학
모집 대상 아마추어 작가, 인터넷 작가
모집 기한 수시 모집
작품 접수 시 유의 사항
1. 파일명은 작가명_작품명.hwp형식을 갖춰 주십시오.
1. 파일에 들어갈 내용은 다음과 같습니다.
   - 성명(필명인 경우 실명을 밝혀 주세요), 연락처, 이메일 주소
   - 제목, 기획 의도
   - A4용지 1장 분량의 등장인물 소개
   - A4용지 2장 분량의 전체 줄거리
   - 본문
1. 작품이 인터넷에 연재되고 있다면, 게시판명과 사이트의 구체적이고 정확한 주소를 기재해 주십시오.

선택된 작품은 정식 계약 후 출판물로 간행되어 전국 서점에 유통됩니다.
작가 분은 (주)로크미디어의 전폭적인 지원하에 전속 작가로 활동하시게 됩니다.
※ 자세한 내용은 로크미디어 홈페이지(rokmedia.com)를 참조하세요.

(04167)서울시 마포구 마포대로 45 일진빌딩 6층
(주)로크미디어 편집부 신간 기획 담당자 앞
전화 : 02) 3273 - 5135
www.rokmedia.com   이메일 : rokmedia@empas.com